La sirena y el jubilado

Élmer Mendoza

La sirena y el jubilado

ALFAGUARA

El papel utilizado para la impresión de este libro ha sido fabricado a partir de madera procedente de bosques y plantaciones gestionadas con los más altos estándares ambientales, garantizando una explotación de los recursos sostenible con el medio ambiente y beneficiosa para las personas.

Penguin Random House Grupo Editorial

La sirena y el jubilado

Primera edición: enero, 2026

penguinlibros.com

ISBN: 978-607-386-858-7

Impreso en México – *Printed in Mexico*

Para Leonor

Se escribe una novela para revelar
un conocimiento de la naturaleza humana.

LEONARDO PADURA,
Conferencia en Casa de América, Madrid

Pounced with fire on flaming roads
Using ideas as my maps.

BOB DYLAN,
"My Back Pages"

La intemperie está en ruinas
y el presente que nos hemos nombrado
y del que hicimos un lugar
paradisiaco
ni siquiera nos ha pertenecido.

ÁNGEL VARGAS,
"Cerrado a la navegación"

Uno

Toda mujer es una joya invaluable, como Inés Arredondo, que da nombre a esta plaza y es nuestro orgullo. Entonces vamos a sacudirnos el polvo, queridas amigas, vamos a sacudirnos el peso de la historia que nos ha arrinconado en casilleros que tenemos que derribar. Muchas han demostrado que somos capaces de todo y yo quiero ser parte de ese grupo que lucha y propone leyes que beneficien de una vez y para siempre a las mujeres. Es necesario y lo merecemos. Se ha dado un paso muy significativo con las reformas legislativas que establece la Ley Olimpia, que reconoce la violencia digital y sanciona delitos que violan la intimidad sexual de las personas utilizando medios digitales. Lo celebramos, sin embargo, los horrores que padecemos, las humillaciones que soportamos y las agresiones que nos marcan la espalda como azotes son increíbles. ¿Somos mayoría en el país? Entonces también tenemos que estar suficientemente representadas en el Congreso, y hasta allí quiero llegar para hacer valer esa mayoría y decirles a todas y a todos que no vamos a permitir que asesinos de mujeres estén libres, que violadores de nuestras hijas cometan sus tropelías y anden como si nada, incluso burlándose de sus víctimas. ¿Sabían ustedes que algo tan íntimo como las toallas sanitarias fueron inventadas por varones? Qué cosa, ¿no?

Te quiero, amiga, más claro ni el mezcal.

Comadre, votaré por esta muchacha. Habla bonito, ahora falta que, si llega, cumpla.

Iremos contra los acosadores, sobre esos miserables que deben recibir todo el peso de la ley. Tenemos que crear un país donde las mujeres tengamos el respeto, la educación y las oportunidades que merecemos. Dice Ricardo Vigueras que en México ser mujer es como haber nacido con discapacidad, y por supuesto que hay infinidad de mexicanos y mexicanas que lo creen. ¡Acabemos con eso! ¡Vamos a impedir que ser mujer se convierta en una maldición! Eso mero. Esos son calzones, no chingaderas. Estoy aquí porque a las mujeres no nos bastan las promesas. ¡Ya no! ¡Queremos realidades que nos ayuden a ser mejores y voy a conseguirlas a costa de lo que sea!

¡Órale, creo que esta mujer sí va en serio!

Oscurece. La ciudad es un perro andaluz. Aplausos indolentes. Bandadas de pájaros regresan a sus nidos. Los árboles de la plaza vibran. Unas treinta mujeres, entre amigas y desconocidas que se han detenido, algunas con carriolas, escuchan a la joven de pelo largo castaño claro que les habla desde el brocal de una fuente vacía. Voz modulada. Media docena de fumadores, apartados, miran al conjunto con sorna.

Pinche vieja, se ve que le falta un tornillo.

Puras pendejadas.

Menos uno que se acerca lo más posible.

Yo le hacía el favor.

Tiene buen trasero.

Saca una pistola y dispara dos veces a la oradora. Ahh. Lleva sus manos al vientre y cae hacia delante. Gritos. Blusa azul manchada. Abuela, ¿qué es esto? ¡Muérete, pendejo! ¡Hijo de la chingada! Los pájaros levantan el vuelo. No llega al piso porque una mujer robusta que está al frente la detiene cuando va en caída libre. ¿No decías que la política era un juego? ¡Asesino! Rostros de asombro. ¡Agarren a ese cabrón! El señalado corre. Seguro la mató. Las carriolas se alejan veloces. Las mentadas de madre. Se pierde por Río Subterráneo.

Dos

Si bien su cuenta bancaria está a nombre de Camilo Granados, lo conocerán como Néstor del Valle. Toda buena vida es una decisión abrupta. Se encuentra leyendo cómodamente sentado en un sillón de piel beige, parte de un juego de tres piezas. Viste unos jeans desgastados, playera blanca, chamarra ligera y pantuflas cafés. Piensa un instante después de escuchar el timbre de la puerta. Es jueves. ¿Quién podrá ser? No recibe visitas, no tiene parientes cercanos, sus amigos están perdidos en la distancia y en el barrio no hay niños traviesos. Nunca espera a nadie ni pide comida a domicilio. Casa acogedora de tres habitaciones, sala y cocina. Tiene el hábito de aprender algo todos los días, quizá por eso no está intrigado. Lo que sí, es atento y si alguien llama a la puerta, verá quién es. ¿Acaso un migrante solicitando ayuda? Nunca se acercan por acá; prefieren las grandes avenidas, donde se sienten más cómodos y seguramente los socorren mejor. ¿Cubrebocas? Pocas personas usan. Por la mañana leyó que Rubens pintaba con su sangre, ¿será verdad? Algo habrá en sus umbrosos dibujos, porque en *Las tres Gracias* o en *Perseo liberando a Andrómeda* no creo; son obras refulgentes, apabullantes. Desde luego que recuerda a Aoki Nyomi mientras recorre el pasillo de cinco metros, por un lado está su habitación y por el otro la sala, hasta la puerta de madera que es café oscuro y que abre. Tres señoras mayores, como él, lo miran. Nota sus sonrisas bajo los cubrebocas. Esa necesidad que trajo la pandemia del covid-19 y que algunos continúan utilizando.

Buenas tardes, vecino, disculpe la molestia, vivimos aquí, en la misma calle, soy Magui, ella es Chita.

A mí puede llamarme la Comadre, como todo mundo.

Gracias, señoras.

Ella lo dijo, soy Chita.

Son simpáticas. Exhiben propaganda política con la foto de una mujer joven, en sus blusas lucen botones con la misma foto o con la expresión "¡Sí se puede!".

Somos del comité de apoyo a Carmencita, su vecina de la izquierda, que quiere ser diputada federal. La que tiene esa linda bugambilia.

Néstor del Valle observa al trío de poco más de doscientos años de edad, con él seguramente estarán cerca de los tres siglos. Y sí, algunas veces ha visto a la muchacha, alta, hermosa, cuerpo perfecto, quizá de treinta y cinco años, y que canta bastante bien para ser política.

Esta tarde estamos distribuyendo volantes y solicitando cooperación, ya ve usted que las campañas son costosas y Carmencita todavía no tiene el apoyo de su partido, que más bien quiere dejarla fuera.

Ni la tendrá.

Esos malnacidos.

Remacha Chita y se quita el cubrebocas.

No se cansan de poner obstáculos a las mujeres.

Rostro fino, mirada intensa.

Pero mire, nosotras no la vamos a abandonar, éramos muy amigas de sus abuelos, que en paz descansen, y ella vivió desde joven aquí, en esa casa, al tiempo que lo hacían nuestros hijos, que hace años se fueron a donde les vino la gana.

Por sus profesiones, Comadre, no lo olvides.

Usted lleva poco tiempo en el barrio y no se deja ver mucho, por eso tal vez no la identifica, pero es una gran muchacha.

Que canta precioso.

La verdad, nos gustaría verla en la Cámara de Diputados poniendo en su lugar a esos machotes que sólo obedecen al presidente.

La voz del amo.

Tontos de capirote.

Chita de nuevo.

Visten bien, usan el pelo corto, maquillajes discretos y perfumes suaves. Quizás ha visto a alguna cuando regresa de sus caminatas matutinas. Sabe quién es la abuela de la muchacha porque se saludaban de vez en cuando.

Así que, señor vecino, díganos si contamos con usted.

Con mucho gusto, permítanme un momento.

Del Valle vuelve adentro, cruza el pasillo donde cuelgan pequeños cuadros con figuras negras realizadas escrupulosamente. Paredes blancas. Una televisión donde de vez en cuando ve películas y documentales. Esa chica me ha dado buenos momentos con su canto sin quererlo, merece mi apoyo. Regresa dos minutos después y deposita cinco mil pesos en un tóper azul, que le muestra la señora Magui.

Oh, muchas gracias, señor, qué espléndido.

Que Dios lo bendiga.

Que haya mucha suerte.

¿Algún mensaje para Carmencita?

Que cumpla sus promesas.

Se lo diremos.

Mencionaremos su nombre si usted nos dice cómo se llama.

Así está bien.

Del Valle cierra la puerta. Alcanza a escuchar expresiones jubilosas de las señoras por su donativo y se siente bien. No es tan difícil tener un buen momento, aunque deba ir de nuevo al cajero para tener efectivo. Regresa a su sillón favorito, abre un delgado libro de fotos de cuadros negros como los de la pared, observa por un minuto una de ellas, que ocupa toda la página, en que una mujer está ligada por una línea negra a una mancha del mismo color. Rasgos orientales. Recuerda las palabras de Nyomi antes de morir: Nada debe dañar mi obra; ni el clima, ni el tiempo, quizás el fuego pudiera afectarla, pero nada más; cuando me alcances, llévala contigo para que nos una en el más allá. Lo cierra, toma la novela *Tongolele no sabía bailar* de Sergio Ramírez y continúa leyendo. Tampoco ahora Tongolele responde nada. La palabra *pobretería* encubre desprecio de clase. Una sandez ideológica. Suena su celular, el número es el de su ejecutivo del banco, que desea hablar con Camilo Granados, uno de sus tres nombres. No responde.

Cierra los ojos. Son las seis de la tarde. Los cierra porque ha escuchado dos descargas de AK-47. ¿Las imaginó? No, fueron reales, acaso a doscientos metros. Tal vez en el parque Antonio López Sáenz. Es verdad, reflexiona. Hace tiempo que no hay hora para matar. No es más un ritual. Se coloca el libro en el pecho y se queda quieto. Pone su mente en blanco. Se dice a sí mismo que es un viejo jubilado que vive sin esperar la muerte porque está seguro de que está a la vuelta de la esquina. Por hábito se mantiene activo, cuida su dieta y no abandona su gusto por la lectura, esos viajes maravillosos a otro universo. Quien cuenta los años espera la muerte. No es su caso. Bebe un trago de café frío, reflexiona, cada vez está más seguro de que lo más importante del mundo está dentro de su casa. Su mundo. ¿Es posible que cada quien tenga un mundo? Claro que no, y mis vecinas son una prueba confiable. Una quiere ser diputada y las otras quieren que lo sea. ¿Qué es lo que quiero yo? Medita un momento. Poca cosa, lee un poco, da vuelta a la página y sigue leyendo.

Tres

En el departamento de Carmen. Pálida, ojerosa, labios resecos, despeinada. Cuenta.

Mi padre me vendió. O me cambió, según se vea, por una troca y un puñado de dólares. El narco llegó al Naranjal, un rancho de cuatro casas en la sierra de Mocorito, donde no había naranjos; lo apodaban el Mirachueco. Le dijo: Don Cipris, afuera hay una troca del año para que no ande a pie; si quiere ir a Guamúchil o a dónde sea, lo haga a la hora que le dé su gana, y aquí hay cueros de rana para que gaste, si quiere arreglar sus tierras, comprar una parcela o tomar cerveza una semana, le alcanza. Y puso un fajo de billetes verdes sobre la mesa donde comíamos, con fuerza. Escuchamos el ruido. A cambio, me voy a llevar a la Carmen.

Nuestra casa era de tres cuartos y en el del fondo estábamos mi mamá y yo, mi papá quiso protestar pero el Mirachueco, que tenía unos veinticinco años y como diez mujeres, lo calló y le aclaró: No vengo a preguntarle si ella quiere o no; mire, don Cipris, todas quieren, al principio siempre dicen que no, lloran un poco, pero luego se encariñan; la voy a tratar bien, se lo prometo, y sé que usted necesita una troca y que le gusta la tierra de la viuda del Colorado; mire, si después necesita algo más, me dice, que ya somos familia. Caray, Mirachueco, qué dura me la pones, oímos a mi papá muy preocupado. Dos meses atrás, mis dos hermanos mayores habían sido acribillados mientras rayaban bulbos para sacar goma y le había dolido hasta el alma. Déjese de cosas, don Cipris, vengo con todo respeto a pedir a su hija y usted no me puede salir con eso, ¿me entiende?

La sirena habla en voz baja, trata de recordar la voz de su padre y escucha un río sin agua.

Ahora llámela, que no traiga nada, yo me encargo de comprarle lo que le haga falta. Es que. Nada, don Cipris, llámela y no haga que me encabrone; por si quiere saber, vamos a vivir en Los Mochis, si alguna vez su señora o usted quieren visitarla, serán bien recibidos, pero me avisan antes.

Mi papá sabía que no tenía opción. Por eso digo que me cambió; supe que me había ofrecido mil veces perdón en su lecho de muerte, y también a mi mamá, sobre todo a ella, que no paraba de lloriquear y murió antes que él. Estábamos asustadas, yo no quería pensar en lo que me esperaba con un hombre que me había saludado una vez y que comentó que cantaba bonito. Mi mamá deseaba impedir que me llevara pero la detuve.

Pausa. Bebe un sorbo de agua. Cierra los ojos. Descansa. Un reloj de Dalí pasa flotando.

Ambas sabíamos que no tenía remedio, que el narco había venido por mí y no se iría con las manos vacías, que podía matar a mi papá si se oponía, como dejó entrever, y de todas maneras me llevaría con él. Ella tuvo la idea de que escapara por la ventana trasera, se asomó y ahí estaban dos tipos desconocidos con cuernos de chivo al lado del horno para pan, seguramente vigilando que no me fugara. Siguió con su lagrimeo. Cuando el narquillo ordenó que me pidiera salir, ella me abrazó sin parar de llorar. Así la dejé. Aparecí con lo que traía puesto, el Mirachueco sonrió, era delgado, blanco y bastante guapo, le dio la mano a mi papá como para cerrar el trato y nos fuimos.

Afuera de la casa había una 4x4 que luego se robarían; mi papá no sabía manejar.

La mujer se detiene, imagina el reloj de Dalí en una sala de conciertos.

Fueron tres meses de sexo, sudor y drogas. Probé de todo, me la pasaba volando, quizá no caí en ninguna adicción porque era fuerte, tenía dieciocho años; desde luego que era bonita y de buen cuerpo, sin embargo, dos meses después el Mirachueco, al que le decían así porque era bizco, empezó a encontrarme defectos, que mis nalgas no eran tan grandes y redondas, que mis pechos eran chicos y también que no se explicaba por qué no quedaba embarazada; todas sus mujeres empezaban a vomitar a los pocos meses de estar con él. ¿Qué iba a saber yo de eso? Nunca había visto a un ginecólogo.

Por momentos, su cara es la viva imagen de la tristeza.

Le tenía pavor, pero creí estar enamorada. A veces cantaba pero nunca me elogió. Lo que no voy a negar es que el sexo lo disfrutaba, nunca lo hice como un instrumento de control, realmente me sentía bien y si estaba con él decidí que la pasaría lo mejor posible.

Una noche que estaba bien pasado me golpeó, luego me violó y se largó vociferando que yo no servía para nada, que no valía la troca que le había dado a mi papá. Quedé desconcertada, con la mente a oscuras, a esa edad no había pensado en ser madre, quería ser cantante como Lola Beltrán, porque decían que tenía la voz como ella; viera que "Paloma negra" me salía casi como a Lola la Grande. Pensé que no regresaría, me relajé un poco y guardé un poco de dinero. Pero nada, a los dos días volvió; no crea que me ofreció disculpas, nada, me empezó a besar, a meter mano y de nuevo sexo, sudor y drogas. Era insaciable y la verdad yo no sabía qué hacer.

Del Valle le aconseja que descanse, que si gusta después termina la historia, pero la mujer hace caso omiso.

Además, eso espaciaba la ingesta de cocaína, metas o lo que hubiera traído a casa, aparte del whisky, que se tomaba como agua. Vivíamos cerca del parque Sinaloa, un lugar muy bonito, lleno de árboles viejos, pero sólo me llevó una vez; lo suyo era estar en la cama.

La mujer mira al viejo, que escucha tratando de que no siga, intenta sonreír pero no lo consigue.

Durante este tiempo nunca vi a mis padres. Tres veces le pedí permiso para visitarlos pero se negó; incluso le propuse que me llevara pero tampoco quiso. Durante los siguientes meses me violó dos veces y me pegó otras dos; una de ellas me dejó para el arrastre, uno de sus guaruras me tuvo que llevar al médico y estuve tres semanas con la cara morada y muy hinchada. Cada que podía me reclamaba por no quedar preñada. Cuando me empezó a maltratar, supe que había negociado otra muchacha y que ya estaba embarazada.

Un día me dijo: Mira, pinche Carmen, si no sirves para tener plebes vas a ser mi puta, así que prepárate porque te vas a poner nalgas y chichis. Yo no quería operarme, pero callé, no fuera a atizarme de nuevo. Sonreí y lo besé para que sintiera que estaba de acuerdo. Buscamos un cirujano; el Mirachueco, que cada vez estaba más corto de vista, le explicó lo que quería, el médico le preguntó si estaba seguro, respondió que claro, que tenía que dejarme hecha un cuero, según él; acordaron precio, día, hora y hospital donde me harían diversos análisis y la cirugía. Le adelantó la mitad de sus honorarios, pagó clínica, personal de apoyo y listo. Primero me pondrían implantes en los pechos.

Cierra los ojos, verdes, tiene la certeza de que su cansancio es el mismo que el de ese dúctil reloj que imagina en el hombro de Del Valle.

El día señalado, cuando llegamos a la clínica en su troca blindada, nos estacionamos. Al lado una Hummer con dos guardaespaldas. Era temprano. Entramos, el doctor nos esperaba, le dijo al Mirachueco que colocar los implantes tomaría algunas horas, que podía hacer su trabajo o esperar en la cafetería, que lo buscaría al terminar. Optó por esperar, dijo que rezaría por mí y se marchó. Uno de sus hombres lo siguió, el otro se quedó de guardia. El doctor me informó que los resultados de mis análisis estaban bien y me indicó que pasara a una habitación, que dejara mis cosas, afeitara mis piernas, algo que nunca había hecho, y me cambiara con una bata azul.

Aunque tiritaba de miedo, daría el paso, lo había decidido cinco días antes. Desde el primer maltrato había guardado dinero en pocas cantidades; pensaba que podría regalarlo a mis papás. Pero cuando dispuso que me operaran, resolví que sería para otra cosa. Me puse la bata, traía mi monedero en mis calzones y allí lo dejé.

Vi pasar al cirujano ataviado para trabajar, una enfermera vino por mí, le dije que debía decirle algo al guarura y que faltaba afeitarme; indicó que no era necesario; salí, el guardaespaldas no estaba a la vista y aproveché para escapar sin saber por dónde. Encontré al muchacho cerca de la cafetería. Qué onda, morra, preguntó. ¿A dónde vas? Traía un vaso de café caliente. ¿Está bueno el café? Coqueteé, tomé el vaso de su mano para probarlo pero se lo eché en la cara. Qué onda, pinche vieja, gritó y corrí, disparó dos veces no sé a quién ni a dónde, me moví deprisa por pasillos llenos de gente hasta que encontré una puerta. Detrás de mí escuchaba carreras, maldiciones y preguntas: ¿Han visto a una vieja con una bata azul? Me describían las enfermeras y el guarura. Llegué a Urgencias. Me metí bajo una cama donde una mujer lloraba de dolor. Había otras tres y en ellas personas se quejaban de sus heridas. Miré sangre en el piso.

Respira. De nuevo cierra los ojos. Nota que el reloj ha crecido.

Los oí acercarse pero no se asomaron, ni ellos quieren ver el desgarrador infortunio que impera en esas salas, verdaderas puertas al otro mundo. Lugares de lo más lastimeros. Luego salí con un gorro y una bata blanca de enfermera que encontré en un perchero, en el estacionamiento de los médicos me escabullí entre los carros. Cuando alcancé la calle, una troca blindada salía como rayo del otro estacionamiento pero en sentido opuesto. Agarré el pequeño monedero y tomé un taxi a la terminal de autobuses, compré un pantalón, una blusa y un brasier, me cambié en el baño y me vine a Culiacán.

La mujer guarda silencio, sus recuerdos están tan ordenados que pareciera haberlos memorizado.

Aquí vivían mis abuelos maternos. De momento no los busqué porque no quería comprometerlos, pero me sentí acompañada. Me aboné en una casa de estudiantes para señoritas donde respondí algunas preguntas que no me delataban. Pasaron los días. A veces tomaba un taxi y pasaba frente a la casa; veía a mi abuela regando las plantas o conversando con las vecinas. Resistía las ganas de llorar. Con el dinero que le robé al Mirachueco después renté un departamento con baño donde cabía una cama, conseguí trabajo en el Partido Democrático del Pueblo Bueno e ingresé a la prepa abierta. Uno de los mejores días de mi vida fue cuando leí en un periódico que habían matado a ese infeliz. Respiré hondo. Entonces me vine con mis abuelos. Me enteré de que el malnacido había puesto un vigilante durante dos meses cerca de la casa y pasaba de vez en cuando a preguntar por mí y amenazar a los viejos en caso de que me ocultaran. Pronto murieron mis padres; nunca me atreví a visitarlos ni en el panteón.

Respira hondo, ve la ventana cubierta con una persiana blanca. El viejo es una estatua que escucha. El reloj se escurre sobre su cabeza.

Terminé la prepa y mis abuelos me animaron a seguir estudiando. Entonces me fui a la Ciudad de México, a la UNAM, y me inscribí en Ciencias Políticas. Allí hice algunos amigos que no he visto más. Me atraía estudiar canto, pero al final no me atreví, me conformé con cantar en casa. Antes de terminar la carrera murió mi abuelo, un buen hombre; pero la que era una visionaria era mi abuela, que se nos adelantó hace dos años. Una gran mujer que influyó muchísimo en mi vida. Y bueno, aquí estoy, dispuesta a apostar fuerte por el futuro, aunque tenga que derribar algunos muros, que espero no me caigan encima.

Néstor del Valle, que escucha con atención, hace un gesto afirmativo y bebe café, sabe que la justicia es una ilusión y que Carmen no pudo actuar de otra manera. Están en casa de Néstor. Se nota un tanto relajada, como si se hubiera librado de una pesada carga. Se acomoda en la cama. Habitación pintada de violeta claro, clóset abierto, ordenado; un librero con libros y revistas. Le duele el cuerpo. Esa presentación en la plaza Inés Arredondo, donde recibió los disparos, la tiene dubitativa. Bebe un poco de agua, continúa pálida, ojerosa, con poca energía; sin embargo, quería que Del Valle la conociera un poco más.

Néstor recuerda a Elias Canetti: "El auténtico valor del recuerdo consiste en hacernos comprender que nunca nada es pasado". Se pone de pie, sus ojos toman el color de la gruta que conduce al infierno.

Cuatro

Aeropuerto internacional de Culiacán. Choco Yturralde, robusta, treintañera, ojos felinos, recibe a Carmen Larrañaga, que luce estragada, a las ocho de la mañana. Ambas visten jeans, playera verde la primera, blusa gris la segunda, blazers ligeros. Suben a su X-Trail y salen del estacionamiento. Cuatro días antes, idearon que Larrañaga se apersonara en las oficinas nacionales del Partido Democrático del Pueblo Bueno para hablar con su líder, que jamás aceptó una llamada. El motivo: la candidatura de Carmen por su distrito para diputada federal.

Así que valimos madres.

Eso creo, como te comenté por celular, Barragán me escuchó, me pidió un momento para hacer una llamada y luego me sugirió que esperara tres años, que la candidatura de mi distrito estaba comprometida.

Pero ¿expusiste con amplitud la fuerza que tienes, el cariño de la gente y la idea de trabajar para que se aprueben leyes que realmente protejan a las mujeres?

Por supuesto, pero el señor no me estaba escuchando.

Seguro te estaba sabroseando, el cabrón.

Ni eso, rápido me cortó para marcar otro número y decirme que me olvidara del asunto. Se puso de pie, me dio la mano izquierda porque con la derecha sostenía su celular en la oreja y me despachó tan rápido como llegué.

El tránsito es denso. Frenadas, cláxones, maldiciones.

Qué cabrón, no quiso oírte el hijo de la chingada. Pinches machos, son una plaga, en política son una mafia más poderosa que los narcos o los traficantes de personas.

Vega Fernández es más fuerte de lo que suponemos.

Es mafioso por partida doble y un cabrón corrupto que se aprovecha de todo, que siempre estará en el partido en el poder, sea del color que sea.

Hablaré con Camarena, quizá reconsidere.

¿Y que se oponga a Vega y al líder nacional? Estás pendeja, lo único cierto es que ya nos chingaron; de nada servirá que hables con ese cabrón y menos con Pandora, esa vieja te odia, no sé qué le hiciste que es tan cabrona con nosotras desde que revelaste que tenías interés en ser diputada por tu distrito.

Bueno, nadie es monedita de oro.

Pero esa mujer se pasa; sugiero que andemos con cuidado porque tengo la impresión de que es de las que se animan a todo.

No me asustes, Choco. Entonces ¿cuál es el siguiente paso para conseguir el apoyo del partido?

Larrañaga pregunta para apaciguar a su amiga y futura jefa de campaña. De sobra sabe que si no tiene la bendición de los líderes, nada puede hacer. Es la manera de todos los tiempos. La política moderna no existe. Toman el bulevar Juan Eulogio Guerra Aguiluz, atestado por los que van a sus empleos.

Ya diste el penúltimo paso, te repito, de nada servirá hablar con Camarena, es claro que Vega Fernández, nuestro rival, lo tiene agarrado de los huevos; ¿a quién llamó Barragán? Tal vez a Camarena y le puso las cosas en claro. Mi marido dice que no perdamos tiempo, y ya ves que ese cabrón sólo es bueno para dos cosas, y una es dar consejos sobre política.

¿Y la otra?

Ésa imagínatela, pinche Carmen.

Sonríen. Durante largos minutos guardan silencio. La ciudad está en pleno ajetreo. Reflexionan. Carmen comprende que está en un callejón sin salida y, si en política la forma es fondo, acaba de topar con pared, algo así como el muro de los gringos.

¡Qué desgraciado es Camarena!

Aunque no le ve caso, mi marido aconseja que si lo vemos no lo encaremos en las oficinas del partido, sino que lo invitemos a tomar un café. Si quieres me encargo.

De acuerdo, como bien has dicho antes, si te dice que no, le llamo yo.

¿Qué harás si te pide acostarte con él?

Con las veces que me he negado, no creo que se atreva; además no le conviene luego de que el Tribunal aprobara la ley de paridad de género.

No seas pendeja, Carmen, a Camarena no le importa nada de eso, es un pinche puerco libidinoso, cada que te ve le brilla el ojo y es más terco que una mula.

No me acostaré con él por ningún motivo.

Así es, mantente firme, pero tenemos que pensar en cómo capotear su alcance, ¿te parece bien que lo consulte con Antonio?

¿Por qué no? Me encanta tener una jefa de campaña con tan buen asesor.

Y qué respaldo, ese cabrón le entiende a todo, y por supuesto que comparte la idea de que sexo y política no deben mezclarse, son demasiados riesgos. Voy a llamarlo y te aviso qué me dice; como sea, ponte perfume para que se entusiasme el güey, y, por si no te diste cuenta, me acabas de dar un nombramiento.

Claro. Oye, mencionaste el penúltimo paso, ¿cuál es el último?

El último es cuando te dan en la madre, todos los demás son penúltimos.

Qué consuelo.

Ambas recuerdan momentos aciagos en sus vidas y comprenden que no la llevarán fácil. Sobre todo Carmen, con su pasado.

Es temprano, voy a buscar a la Guille Franco, si se viene con nosotras será de gran ayuda.

Esa mujer es una generala, controla varias colonias, así que si la convences, tendremos un chingo de votos, las viejas la adoran. Mira a ese cabrón, pinche experto en jugar cochino.

La ciudad está plagada con propaganda del aspirante Carlos Felipe Vega Fernández, algo prohibido por el Instituto Electoral, con una foto más falsa que los discursos de varios políticos encumbrados y la leyenda "El Bueno".

Minutos después llegan al domicilio de Carmen, una casa blanca de un piso, tres habitaciones, con jardín al frente y cochera descubierta llena de objetos desvencijados, que heredó de sus abuelos. Un barrio semivacío donde todas las casas y la gente se parecen más de la cuenta.

Se despiden. Larrañaga busca las llaves de su casa en su bolso en el césped de su jardín. Crecen rosales, limonarias, gerberas y una bugambilia redonda llena de flores rojas, de las que permanecen chaparras.

Debo convencerme, me falta un diez por ciento para estar totalmente segura de que no será tiempo perdido el que dedique a la política en estas condiciones. Me gusta, desde que era estudiante me propuse ser candidata para un cargo de elección popular, pero me asusta un poco superar escollos tan increíbles como la negativa de mi líder nacional, la indecisión de Camarena, mi líder estatal, y la velada amenaza de Carlos Felipe Vega Fernández, quien de hecho será el candidato por mi distrito. No quiero otra etapa difícil en mi vida, ya tuve suficiente. Hace poco me llamó, me dijo que siga con mis labores en el partido y que me quede en casa lavando, planchando y viendo tele, que es lo mejor para mí. No me gustó, y menos a Choco, que le mentó la madre como diez veces; claro, sin que él estuviera. El caso es que si me dejo vencer antes de empezar no podría luchar por los deseos de miles de mujeres acosadas, abusadas y sin esperanza. ¿Qué garantías tenemos las mujeres de que se castigue a los desgraciados que nos violan o matan? Ninguna. Al gobierno no le importa y la Cámara es un buen lugar para decirlo recio y quedito.

Abre la puerta y entra. La sala es un caos, hay un olor desagradable cuyo origen no identifica. Se sirve un vaso de agua y se sienta en un sillón después de quitar prendas y papeles.

No estaría mal saber si todo eso que se dice de él es cierto, pero ¿a quién le pregunto? Tengo que buscar sin que Choco se entere. Ella lo odia, con ese odio que nombra con frecuencia, y eso puede meternos en otro callejón sin salida. ¿Qué tan determinantes son los callejones sin salida en política? Sin duda son instancias misteriosas en donde se generan decisiones frías que no importa a quién afecten. Tal vez eso le pasó a Luis Donaldo Colosio y a tantas mujeres y hombres que han perdido la vida, que trataron de representar a sus comunidades. Debo encontrar a alguien que me ayude con eso; de entrada, si avanzo en la candidatura, no permitiré la injerencia de nada ni nadie que tenga que ver con el crimen organizado. Lo que he vivido es para desterrarlo completamente de mi vida. Aunque, como un mecanismo de protección, debo encontrar a alguien que sepa de qué lado sopla el viento en ese terreno.

Tengo que ser una mujer de mi tiempo, como decía mi abuela, una representante de verdad. ¿Por qué es tan difícil ser lo que una quiere sin que haya un varón de por medio al que se deba convencer? Vega Fernández no es un hombre, es una bestia; apoyó el fin de los fideicomisos, del Fonden, del seguro popular y la demanda contra científicos. Eso no lo entiendo, he estado en conferencias de varios de ellos y no creo que sean delincuentes. Algunos fueron mis maestros en la universidad. ¿Y lo de los fondos de ahorro que administra el gobierno? Es para no creerse. Tengo que pensar, tengo que decidirme al cien; que no se entere Choco de que a veces flaqueo. Abuela, ¿podrías ayudarme a decidir el siguiente paso? Tienes razón, Serrat lo canta:

Caminante, no hay camino,
se hace camino al andar.
Golpe a golpe, verso a verso.

Cinco

Sábado. Néstor del Valle observa cada cuadro del Museo del Prado que aparece en el documental que ve en televisión. Le gusta el Bosco, Goya, los pintores flamencos y Diego Velázquez. Dicen que este último es el rey del museo. Bebe café mientras escucha sobre cada una de las pinturas. Su favorita es *La Venus del espejo* de Velázquez, aunque no está en este museo; por el cuerpo y también por el misterio de la modelo con la que trabajó el pintor. Son cuerpos famosos, como *La maja desnuda*, *Las tres Gracias* de Rubens o *Eva* de Alberto Durero. Y qué decir de la Venus de Botticelli, sobre su hermoso rostro. Por supuesto que también admira la obra de Kuroda Seiki. Su favorita es *Morning Toilette*.

No sabía nada de arte y quizás en este momento tampoco tenga ideas firmes sobre esta materia tan compleja. Lo mío era la seguridad del museo de la ciudad donde vivía; además, aprender, practicar tiro al blanco y charlar con mis amigos, una pandilla de locos expertos en tácticas de seguridad con apodos muy curiosos. Pero te conocí, si bien no me diste un curso de historia del arte, me entrenaste para sentir, ser perceptivo, apreciar y respetar el arte contemporáneo sin ignorar las obras maestras. Cuando te escuchaba veía tus ojos negros y pienso que también veía tu voz hablando de trazos y del poder de los colores. Sobre todo del negro, que considerabas el origen de la pasión y de lo que no existe. Eras asombrosa, Nyomi adorada, dueña de ti misma, hermosa como flor que todos los días cambia de tono con las horas pero conserva su tersura. Mi artista más apreciada y menos comprendida. La mujer que amo y que amaré hasta el último día de mi vida.

Nyomi, mi pequeña oriental, la que pintaba con su sangre, con su propia vida. ¿Cuál es la idea de una artista que pinta con su sangre? Trato de descubrirlo, aprendo cosas todos los días para acercarme a los motivos posibles. Decías que el arte absorbe todo el ser del artista. Que engulle su nombre y su significado. Una tormenta sin final.

La puerta suena de nuevo, ¿cuántos días hace que tocaron las señoras? Del Valle, sin mucho ímpetu, apaga la tele, camina el corto pasillo para atender a quien sea.

Abre y lo que encuentra es a una hermosa mujer, alta, pelo castaño claro, maquillaje discreto, ojos verdes, con una sonrisa en los labios y un pequeño pastel en las manos.

Buenas noches, vecino, soy Carmen Larrañaga, Carmencita para las señoras que lo visitaron el jueves, y le traigo este regalo, ¿me permite pasar?

El viejo queda petrificado unos segundos. Hace quince años que vive aquí y nunca nadie ha franqueado la puerta, menos del vecindario. La joven no espera respuesta y sigue adelante.

¿Cuál es su nombre? Las señoras no supieron decirme.

Es que no se los dije, Néstor del Valle.

Señor Del Valle, no vine a importunarlo, usted es como una sombra viviente que habita esta linda casa; sólo quiero darle las gracias por su donativo e invitarlo a probar esta delicia, los hace mi amiga Karla y no hay pastel que le salga apelmazado.

Gracias, señorita, no se hubiera molestado.

El mejor vecino es el que no da lata, y usted es una sombra; pero qué maravilla, señor Néstor, su casa está impecable, ¿usted mismo hace la limpieza?

Hago lo que puedo.

Tiene que ayudarme un día a poner orden en la mía; es la madre de todos los tiraderos.

Carmen se detiene ante un par de pequeños cuadros negros. Calla. Reflexiona unos segundos. Luego se vuelve al hombre, que por alguna razón espera su juicio.

Nunca había visto cuadros así: son profundamente tristes, diría que desgarradores, sin embargo, percibo mucha seguridad en el artista Nyomi, ¿quién es?

Mi esposa, murió hace dieciséis años. Se llamaba Nyomi.

Oh, perdón.

Carmen hace un gesto de sorpresa y pone mayor atención a las piezas.

Era una mujer interesante, ¿por qué son tan pequeñas sus pinturas?

Porque pintaba con su sangre.

Oh, qué fuerte, señor Del Valle, disculpe mi ignorancia. Bien dicen que si no sabemos de arte no estamos completos y a mí me falta todo por aprender.

Hay artistas que no alcanzaron el nivel de Frida Kahlo o de Remedios Varo, pero hicieron su obra.

Claro.

Coloca el pastel en la mesa.

Señor vecino, disfrute este pastel; espero que no lo tenga prohibido.

No, mi esposa decía que nadie debería prohibir los alimentos, los que fueran. Que nadie debería prohibir nada.

Lo pensaré, sobre todo si gano la elección para diputada.

¿Por qué no habría de ganar?

Si está dispuesto a escucharme, en unos días nos tomamos un café y le cuento, ¿le gusta el café, o es té lo que toma?

Café, por supuesto, y tengo cafetera.

Perfecto, no se acabe el pastel, me guarda una rebanada. Felicidades por haber compartido su vida con una mujer tan especial como su esposa y muchas gracias de nuevo. Está por llegar Choco, mi jefa de campaña, y quiero estar en casa; en unos días tendré mi primer mitin, está invitado a la plaza Inés Arredondo.

Gracias.

Me siento bien aquí, ¿sabe por qué?

Usted dígamelo.

Porque usted es un hombre que no teme recordar. Lo puedo ver en todos estos cuadros de su esposa, siento que son testimonio de una partida pero también de una presencia completamente viva.

Interesante opinión, gracias, señorita; también agradezco sus canciones, no son pocas las veces que me ponen contento.

Gracias a usted, ¿alguna en especial?

Todas las canta muy bien.

Bueno, en cuanto pueda regreso para platicar.

Mucha suerte y, si quiere ganar, piense como ganadora.

Ése es el punto; cuando le cuente, ya verá que en política no sólo es cuestión de pensar en ganar para lograrlo. Que tenga muy buenas noches.

Igualmente.

Del Valle cierra la puerta y regresa a su sillón. Reflexiona. Mi esposa decía que ganar y perder están unidos. Son el yin y el yang. Seguro en ésas está la señorita Larrañaga. Ahora deberá comprender que ninguna encrucijada es fácil de descifrar sin riesgos. Anochece, un momento del día que le gusta, piensa que es la hora propicia para la gente que no es nadie.

Seis

Hoy estás más linda que nunca, en serio, tus ojos lucen muy hermosos.

Ése no es el punto, Camarena, te pido la formalidad que requiere el caso.

Ya te he dicho lo importante que eres para mí.

Pues entonces no lo pienses, cabrón; allánale el camino para la candidatura y deja de comportarte como un maldito cretino.

Con gusto te pongo casa, ¿qué mejor manera de facilitarte la vida? Y tú, Choco, en esto no te metas, no te incumbe.

Mira a este pendejo, claro que me incumbe, todo lo de Carmen me incumbe, y si lo único que quieres es que te dé las nalgas, tienes que ver lo que ella quiere, cabrón. Es justo.

El líder ignoró a Yturralde pero no ocultó su fastidio, ¿qué les pasaba a estas mujeres que exigían tanto, que querían estar en todo; se creían bordadas a mano o qué?

Camarena, quiero ser candidata por mi distrito, la gente me apoya, no es mucho lo que pedimos.

Me lleva la chingada, Carmen, por favor entiende, en este trienio es imposible; Barragán fue muy claro contigo y yo no puedo hacer nada. Ni la Virgen de Guadalupe puede ayudarte.

Eres un hijo de la chingada, Camarena.

Hombre de cuarenta años, bien vestido, afeitado y perfumado, bien parecido, enrojece de rabia pero se controla.

Carmen mantiene la calma pero Choco está encendida. Su rostro expresa toda la cólera que siente. Se encuentran en una cafetería donde en ese momento no hay clientes; no obstante, eligieron una mesa en un rincón para evitar posibles intromisiones.

Carmen, por favor controla a tu perra.

Contrólate tú, pendejo, cabrón vendido; Vega te tiene agarrado de los huevos y no harás nada que lo contradiga; el infeliz es de alto pedigrí, lo entiendo, pero tú, tú sólo eres un líder de mierda, el líder de una sola persona.

El hombre trata de sonreír con ironía, pero le sale una mueca salada. No sé por qué me aguanto las ganas de romperle la jeta a esta pinche arpía.

Camarena, también tienes que entender varias cosas, entre ellas que estás siendo muy injusto al negarme representar al partido en un distrito por demás codiciado, pero donde soy muy querida, ya te dije. Por supuesto que sabes que la candidata del blanco está muy fuerte y que Vega nunca podrá obtener más votos que ella. Debiste decírselo al líder nacional.

¿Cómo puedes estar segura?

Porque si el asunto es legal, no será de otra manera, sólo tienes que analizar los perfiles de cada uno, lo que realmente ofrece cada persona, su preparación y carisma; solamente si Vega pide ayuda a sus padrinos, los votos serán para él. Te exhorto a que no te hagas pendejo.

¿Puedes comprobar lo que dices?

¿Crees que me chupo el dedo? Desde ahora te hago responsable si a mí o a mi marido nos pasa algo; a ti, a Pandora y a tu líder nacional, que no tiene idea de lo que sucede fuera de donde vive. Sé que es un cabrón transa y libidinoso.

Queremos competir y te pedimos piso parejo.

¿Sabes que se unirán la del blanco y el candidato del azul?

No me sorprende, siempre han sido iguales, malditos conservadores, neoliberales hasta el tuétano, que no quieren reconocer que su tiempo se acabó; y tú, convéncete, Carmen, de ninguna manera podrás ser candidata. Los delegados del partido aman a Vega y lo apoyarán en lo que les pida.

No niego que muchos lo harán porque le deben favores y les ha dado dinero y puestos, pero más de la mitad está contigo, y si te decantas por Carmen seguro será nuestra candidata.

Eres el líder regional del partido en el poder, pero debes poner los pies en la tierra.

Camarena ve su reloj.

Tengo que irme, gracias por el café.

¿Entonces? ¿En qué quedamos?

Ya te lo dijo nuestro líder nacional y creo que fue respetuoso; si quieres mi consejo, deja el campo libre a Vega, reconoce que es más fuerte que tú, con delegados o sin ellos.

Pues escucha tú, no pienso hacerlo. Estaré en la convención para dar la pelea, y ya verás a quién quieren esas personas, y no te olvides de la paridad de género.

Hay mucha gente del partido harta de los narcos y sus candidatos de pacotilla.

Por supuesto que tenemos presente la paridad de género y ninguna candidatura está ligada a la delincuencia organizada; son inventos de la prensa mercenaria que extraña sus prebendas y de nuestros adversarios. Si les sirve, anden con pies de plomo, hasta ahora van cuarenta y nueve candidatos o aspirantes balaceados, sin que los partidos tengamos responsabilidad.

Y si te sirve a ti, también cuatro líderes corruptos que dejaron como coladera.

Camarena, con cara de pocos amigos, se pone de pie y se encamina a la salida. Su chofer y dos guardaespaldas, que esperan en una mesa cercana, echan una mirada matadora a las mujeres y siguen al jefe.

Por un momento se escucha el ruido del café y "Take Five", con el saxofón mágico de Dave Brubeck.

Estamos jodidas, pinche Carmen; este pendejo jamás nos apoyará aunque vayas a la convención y bailes en tanga.

Eso percibí.

Dime una cosa: ¿estás dispuesta a ser diputada sin el apoyo del partido?, ¿estás dispuesta a partirte la madre por conseguirlo? Serías candidata independiente. Porque hasta el líder nacional te dio para atrás, y ya sabes lo que pasaría si hacen una de sus famosas encuestas en las que el pueblo bueno decide.

Carmen mira a Choco unos instantes.

Estoy puesta.

Va, pinche vieja, vamos a demostrarles al pendejo de Camarena, al delincuente Vega y al lamebolas que dirige el partido que no tienen todo el poder. Vamos a pensar cómo conseguir recursos.

Tenemos poco más de cinco mil pesos y la palabra de Guille Franco de que respalda lo que decidamos.

¿Te dijo que está con nosotras sin restricciones?

Quiere una clínica en Las Coloradas, al parecer la colonia más pobre de la ciudad.

Bien, no es un paso muy largo el que estamos dando, pero es un paso. Vamos a trabajar. Les demostraremos a esos cabrones que sólo sirven para pesar sus pedos de qué somos capaces las mujeres de este tiempo.

Estrechan sus manos. Que se chinguen. Mataron a un cornetero. Ríen. Piden más café y empiezan a planear. Acaban de perder parte de sus temores y empiezan a sentirse libres. La risa mata el miedo, escribió Umberto Eco y tiene razón. Carmen canta tres líneas de "Tú de qué vas", de Franco de Vita. Su voz suena maravillosa, aunque su cara denota cierta pesadumbre. Como tantas veces en su vida, debe empezar de cero. Suponiendo que el cero sea un principio.

Siete

11:00 p. m. El dato del doctor Federico Páez de que hay más de siete millones de muertes al año por contaminación ambiental lo deja frío. Néstor del Valle piensa en el aire que respira, en el calentamiento global y en el riesgo de vivir en el siglo XXI, cuando escucha a Carmen Larrañaga discutir con alguien. Voz de varón que no sube el volumen; en cambio ella, aireada, defiende su derecho a votar y ser votada a todo pulmón, a representar a las mujeres, a competir aunque le cierren las malditas puertas y que no teme a los delincuentes de sonrisa pausada como él. Malnacido. Su voz de cantante es potente. Del Valle sonríe, recuerda a Odiseo, lee el artículo sobre la contaminación por micropartículas en una revista en su sillón y le gusta que la chica defienda su punto de vista. Claro, si levanta la voz, es por algo. Continúa leyendo cuando oye un grito. Se pone de pie.

¡Estúpido!

Néstor atisba por la ventana más cercana la casa vecina y ve a un tipo de estatura regular, fornido, que se retira, viste chamarra oscura y posiblemente jeans, sube al asiento trasero de un auto negro y se marcha. No puede ser Uber, el carro es un Mercedes de cristales tan oscuros que ni el chofer se nota. Carmen queda derribada en su jardín, al lado de la bugambilia exuberante.

Se presenta Néstor. La mujer está sentada, abatida, mirando al césped. En un momento en que la realidad es tan hiriente que resulta imposible imaginar cualquier cosa.

Hola, ¿se puede poner de pie?

Si me ayuda lo haré más rápido, y vamos a tutearnos, que algo me dice que podríamos ser amigos.

Expresa la chica con voz afectada. Sangra por la nariz. Las vecinas no despertaron. Se nota que el tipo la noqueó. Blusa manchada de rojo.

Del Valle la toma de ambas muñecas y la incorpora con precaución. Carmen se queja un poco pero en su mirada hay rabia. Jeans y zapatos sucios por el pasto y un poco de tierra.

Me duele la cara, dice con el ceño fruncido.

Lava tu nariz y ponte hielo durante unos minutos.

Me dolió el trancazo y más lo que recordé.

Pues ya pasó, y, como dicen, golpe dado ni Dios lo quita.

Pasa por favor.

Puedes llamarme Néstor.

La noche es fresca. Del Valle no está seguro de aceptar pero lo hace.

Entran. Sala completamente desordenada y huele a pizza de salami.

Pensaba confiarte algunas cosas tomando café con pastel, pero te voy a contar ahora mismo.

No tienes que hacerlo, sólo soy tu vecino; quiero que sepas que nada respeto más que la vida privada de las personas.

Aprecio tu discreción, pero necesito confiar en ti, Néstor del Valle, que presiento que sabes cómo sopla el viento. Hace días hiciste un donativo importante para mi campaña y lo menos que debes saber es en qué va ese asunto, en qué gastaremos ese recurso.

De verdad no tengo por qué enterarme. Eso de saber cómo sopla el viento es bonito pero no tengo ese conocimiento.

Néstor, calla y escucha. Disculpa, soy serrana y somos, cuando nos dejan, muy directas; y eso del viento es otra cosa, una manera de decir que alguien sabe suficiente de algo. Ya te había dicho que mi casa es un cochinero.

Larrañaga va al refrigerador, no encuentra cubos de hielo ni agua fría.

Soy un desastre.

Deberías contratar a una persona que haga el aseo.

Con una servilleta se suena la nariz que empieza a inflamarse. Queda roja.

Tuve una, duró dos días, dijo que no podía con tanto tiradero. Desde entonces, hago lo que puedo, que no es mucho.

Hay un sofá, dos sillones, una vieja consola herencia de los abuelos, una estructura llena de discos LP, fotos de ella más joven y de los abuelos en la pared beige, y un comedor de seis sillas antes de la puerta de la cocina. Prendas encima de tres sillas.

Papeles sobre la mesa. Una foto de la abuela sobre la consola.

¿Lo ocurrido tiene que ver con la candidatura?

Absolutamente.

Entonces vamos a mi casa, tengo café preparado y ahora mismo probamos el pastel.

Tomas café de noche, como mi abuela.

Una taza antes de dormir.

Salen de una vivienda y entran en otra.

Toma el hielo que necesites, ahí tienes servilletas.

Del Valle saca el pastel completo del refrigerador, sirve dos rebanadas en platos pequeños y la infusión. Aroma que usted conoce. Espera a su invitada.

Se instalan, él en su sillón, ella en el sofá. El café huele y el pastel sabe bien. Carmen continúa con su blusa manchada pero está más tranquila. Bebe. Hielo en su nariz. Contempla un librero lleno que no vio en la primera visita.

Veo que te gusta leer.

Sólo novelas.

¿Por qué?

Bueno, me entretienen y aprendo, algunos conceptos de vida antiguos no son ruinas. Se han desarrollado y muchos son aplicables en la actualidad y me gustan.

¿Por ejemplo?

Pudieran ser ejemplos algunos aforismos: "La verdadera virtud es ser razonable"; "No existe odio pequeño. El odio siempre es enorme"; "A los silenciosos no se les puede quitar la palabra". También tratan de lealtad, honradez, la capacidad de innovar, la igualdad, la necesidad de creer, no en Dios sino en uno mismo, en los demás. También la traición y la crueldad.

Nunca lo había pensado.

Me hubiera pasado lo mismo si no leyera novelas; por supuesto que me han impresionado historias de amor como la de Fermina Daza y Florentino Ariza, de Gabriel García Márquez.

Carmen Larrañaga hace un gesto de aprobación, da otro sorbo, toma un bocado y se coloca la servilleta con el hielo en la nariz.

¿Alguna vez te interesó la política?

Nunca.

A mí desde estudiante, la universidad es una fuente infinita de utopías; quizá por eso, desde entonces he concebido algunas ideas, una de ellas es hacer algo por las mujeres y por los niños y pienso que es más fácil, como no soy millonaria, desde un puesto público.

El poder cambia a las personas, lo sabes, ¿verdad?

Lo veo en mi partido. Me lo dijeron en la universidad y también mis abuelos, sobre todo ella, que era una mujer muy plantada y tenía mucha claridad de la vida y de lo que podríamos hacer mientras estamos aquí.

La recuerdo regando el jardín, la divisaba casi todos los días cuando salía a caminar; por cierto, también cantaba bonito; era la única persona a la que saludaba en el barrio.

No lo sabía, ¿por qué no quieres amistades?

Amo la soledad y tengo a Nyomi.

¿Platicas con ella?

No, algunas veces le comento algo, pero no espero que responda.

Mastican. Beben. La iluminación es agradable.

¿Por qué te atacó ese individuo?

Quise ser tomada en cuenta por mi partido, el Partido Democrático del Pueblo Bueno, para ser su candidata a diputada por este distrito y me dieron una patada en el trasero. Se presume que el candidato que escogieron está ligado al narco y con ese respaldo esperan que gane holgadamente.

¿Te golpearon por órdenes suyas?

Eso creo, porque el sujeto que me atacó es su guardaespaldas, le dicen el Carnicero y tiene fama de que no se tienta el corazón para mandar al otro mundo a quien sea.

¿No hablaron antes?

Néstor del Valle no quiere decir que la escuchó.

Lo hicimos y fuerte. Vino a decirme que no levantara polvo, que ya sabían que me lanzaría independiente y que su jefe no quería escuchar que mencionara su nombre; que si lo hacía, me atuviera a las consecuencias. Le grité sus verdades, creí que habías escuchado.

Escuché tus gritos, incluyendo el último.

Ese Carnicero es un desalmado y no podía decirle de otra manera; deben saber que no les temo, aunque en el fondo me esté muriendo de miedo.

Si es como dices, no sólo enfrentarás al candidato.

Lo sé, y, siendo franca, siento que me tiemblan las piernitas; por eso te decía que no basta con pensar en ganar.

Beben. Carmen percibe la atmósfera de tranquilidad.

¿Tienes pruebas de que está coludido, o de que el crimen organizado podría intervenir?

No, cuando se menciona a Vega Fernández de alguna manera se matiza el comentario con algo que tiene que ver con la delincuencia organizada. Vega es un hombre muy rico, anda en un Mercedes Benz, vive en una mansión enorme, es dueño de varios edificios de oficinas, se mueve en helicóptero y nadie sabe a ciencia cierta cómo incrementó su fortuna, porque la riqueza le viene de familia, sobre todo de su madre, una mujer que supo, según comentan, sacar provecho de su belleza; Choco, a quien te mencioné la vez pasada, lo está investigando.

Podría ser un pájaro de cuenta.

Un pillo de siete suelas, diría mi abuela.

Carmen, tienes que estar cien por ciento segura. Si no compites para ser diputada e impulsar leyes que protejan a las mujeres y a los niños, ¿sientes que morirías?

Ambos comen pastel.

Nunca lo había visto así.

Es una manera de saber qué tanto estás comprometida, si sabes, dicho en tus palabras, cómo sopla el viento; la manera de plantearlo es de un poeta austriaco que se llama Rainer Maria Rilke.

Silencio de estratósfera.

A ese grado no sé; a muchas serranas nos enseñan a esperar, a envejecer esperando, a sufrir con la cabeza baja; aunque un día decidí dar un giro a mi vida porque no podía continuar viviendo así, ya te contaré.

Está bien, ahora trata de descubrir tus límites y tu capacidad para afrontar los riesgos dentro y fuera de ellos.

La chica observa su plato vacío.

Si no es indiscreción, ¿qué haces, Néstor del Valle, cómo puedes donarnos cinco mil pesos sin despeinarte?

Del Valle mira sus toscas manos. Salvo unos cuantos compañeros de confianza, nunca tuvo amigos, la única persona en la que siempre confió fue su mujer; algo le dice que puede fiarse de esta chica que lo observa con cierto grado de ansiedad.

Ahora no hago nada, hace varios años fui guardia de seguridad; digamos que estoy jubilado.

Carmen observa a su nuevo amigo, sonríe, la nariz le duele menos y deja de ponerse hielo. Un metro setenta y cinco de estatura, abdomen breve, pelo gris, rostro con pocas arrugas, lo percibe fuerte y sano.

Nunca lo imaginé, ¿trabajabas en un banco, cuidando personas o en esos vehículos grises que transportan valores?

No, en el museo de la ciudad donde vivía, antes de llegar aquí.

Allí conociste a tu esposa.

Exactamente; participó en una exposición colectiva de arte de vanguardia y nos encontramos.

¡Qué emoción!

El que sonríe ahora es Néstor.

Por cierto, cantas bastante bien, sin duda lo heredaste de tu abuela.

Carmen bebe el resto de su café.

Sí. También estudié canto, pero en algún momento advertí que no era lo mío; contribuyó un pretendiente que decía que era una maldita sirena, según él, cuando cantaba los muchachos se volvían locos por mí.

¿Y era cierto?

Claro que no, era su manera de molestar; lo mandé a volar pero también me alejé del canto; para ser cantante se requiere una pasión de la que carezco. Es vivir varias vidas a la vez, además de que nunca pude provocar una emoción insoportable, que es la clave.

Ahora cantas en tu casa.

Sí, como Juanita Banana, para que todos me escuchen. ¿Te digo algo, Néstor? Deberías ser mi guardaespaldas, ¿qué opinas?

Del Valle abre la boca y reflexiona. Pone su mente en negro.

De esa manera nadie me atacaría como lo hizo el Carnicero.

Estoy viejo, Carmen, tienes que encontrar a alguien joven con el perfil del Carnicero.

No seas así, nunca pensé que necesitaría uno, cuando menos dime que lo vas a pensar.

El hombre sonríe, comprende que la chica tiene iniciativa, algo que le ayudará en la etapa que está viviendo.

Hay cosas que las tengo muy maduradas, y una de ellas es vivir apaciblemente los últimos años de mi vida.

No me digas, eso de últimos años suena muy falso en ti, además, ¿cómo puedes querer vivir tranquilo, no ves cómo está el país?

Se está cayendo.

Pues cuídame durante la campaña; si gano estarías contribuyendo a que México esté mejor. Al parecer somos el país más violento del mundo, incluso más que los que están en guerra. Vivimos en un barrio tranquilo, aun así, diariamente escuchamos balaceras.

Del Valle la mira y ve que habla en serio; asume que hasta los políticos necesitan confiar en personas sencillas para cumplir sus sueños.

Está bien, voy a consultarlo con la almohada.

Gracias, vecino.

Apretón de manos. Esa noche Néstor demora doce minutos más en dormirse. Recuerda la canción de Carole King, "You've Got a Friend", la novela *Los tres mosqueteros* de Dumas, y se promete leer algunas páginas al día siguiente. Es estimulante traer a la memoria frases como "Uno para todos y todos para uno". Sí, hay amistades que son un don de Dios.

Por su parte, Carmen tarda más de un hora reflexionando. Aseguran que la unión hace la fuerza, ¿qué clase de fuerza?, ¿para usarla en qué, contra qué, a favor de qué? Cosas del poder, ¿de dónde surge el poder hoy en día? Dicen que la democracia no existe, ¿qué relación debo tener con el poder si soy electa?, ¿me corromperá como a tantos? Nunca pensé que la política tuviera tantas aristas, ¿Aristóteles? No. Sí. Zzz.

Ocho

Eres un tipo extraño, le dijo su mujer, de ojos negros, hundidos, de piel suave. Posees muchas almas; quizá por eso te casaste conmigo, que lo único que tengo seguro es la muerte, algo que sabes desde la exposición en que nos conocimos, ¿te acuerdas? Expuse un espejo en que sólo aparecían sombras. Toda sombra contiene una verdad y pretendía que cada quien viera la suya. Fueron pocas personas las que se detuvieron ante mi propuesta. Después de que sufrí un desmayo, me llevaste a casa y puedo afirmar que te obligué a quedarte conmigo, aunque no sea verdad. Ese día la anemia me envió un aviso imposible de ignorar. Me gustaste y decidí alimentarme e ingerir medicamentos para estar un tiempo contigo; eres un hombre que sabe estar solo. Al final fueron tres años, los mejores de mi vida.

Persona extraña. Rememora mientras se viste para salir a caminar y trotar en el parque Antonio López Sáenz, el más cercano. Hombre que sabe estar solo. Después de perder a sus padres a los dieciocho, eligió vivir en soledad. Son las cinco y media de la mañana y el barrio duerme. No encontrará a nadie, como cotidianamente sucede. La vecina que lo saludaba mientras regaba sus plantas a esa hora abandonó este mundo hace dos años. Ropa deportiva oscura. Toma la calle y se aleja hasta la arboleda, donde algunos madrugadores hacen lo mismo. Tiene el hábito de ejercitarse desde que se entrenó como guardia de seguridad. En aquel tiempo, dos veces por semana asistía a un campo de prácticas de tiro y cuatro a tácticas y lucha cuerpo a cuerpo, donde encontró a sus amigos. Unos locos. Sonríe levemente. En un museo, lo segundo es muy necesario. ¿Deseaba trabajar en otra área de seguridad? No, le gustaba cuidar obras maestras y su prioridad era hacer bien su trabajo. Varias veces recibió ofertas de sus compañeros para pertenecer a cuerpos especiales, pero siempre las rechazó con una sonrisa. ¿Le gustaba el arte? Tampoco, veía algunos cuadros pero no experimentaba emoción alguna. Fue Aoki Nyomi quien le enseñó a ver las pinturas a partir de sí mismo. Lo que escuches de los críticos, incluso del artista, es importante; pero lo realmente valioso es la relación que logres establecer con la obra a partir de lo que eres y del momento en que te topas con ella. Algunos monstruos crecen, otros se agazapan.

Soy el hombre que te ama.

Lo advierto y si lo advierto lo sé; lo siento en mi corazón y en mi pensamiento, quiero que lo sepas.

Una noche en que se hallaba de guardia, el gobernador del estado, acompañado de dos amigos, los tres pasados de copas, le pidió que abriera la puerta del museo. ¿Está seguro, señor? Uno de sus invitados debía elegir un cuadro como obsequio del mandatario. ¿Cómo? Lo que oyes, y date prisa que no tenemos toda la noche. ¿Sabe la directora? Claro que está enterada y no tiene inconveniente. El silencio es ese filo que castran los mosquitos. Un hombre delgado se abalanzó sobre la única pieza de Joan Miró, que, aunque de regular tamaño, ocupaba una pared completa. Valía una fortuna. La descolgó y la abrazó, murmurando agradecimientos etílicos. Ahora es suya, mi querido amigo. El gobernador lo palmeó sonriente. Se retiraron comentando el estrambótico gesto del distinguido personaje, que continuaba bailando.

Al día siguiente, la directora del museo se puso pálida con su informe. Por supuesto que tuvo dudas.

Habló con el funcionario, quien le aconsejó denunciar el hecho como robo e involucrar al guardia como cómplice.

Lo que no sabían es que él utilizaba una pequeña cámara y grabó la escena completa. Cuando la directora le informó que sería detenido, él le mostró parte del video. Ella lo comentó con el gobernador, quien amenazó a Renato Cienfuegos, tal es su nombre de pila, a quien terminó ofreciéndole una cantidad importante y otro tanto por la jubilación, que por supuesto aceptó. ¿El silencio es oro? Claro, al fin comprendía la frase, aunque no supiera definir el escozor que experimentaba. Hay días en que un ser humano no es lo que hace.

Desde luego que tuvo que poner tierra de por medio y desvanecerse para siempre. En ese momento era un viudo reciente y no tuvo problemas para comprar casa en un barrio tranquilo, habitado por personas mayores, donde un día apareció una chica que cantaba canciones que gustaban a todos. Ahora sabe que intenta ser diputada federal y que necesita un guardia de seguridad, trabajo que él no realizará. ¿Llamaría a alguno de sus amigos para proponérselo? No creo, ni siquiera sé si están vivos.

Al cabo de una hora de caminata, regresa a casa. Poco movimiento en el barrio. Nada en el domicilio de Carmen y la vivienda del otro lado está vacía, como la mayoría de la cuadra.

El día transcurre apacible. Dos noches atrás ella le había pedido ser su guardaespaldas, algo que no le atrae en lo más mínimo.

De uno de los cajones del clóset de su habitación saca una pequeña caja de madera. La abre. Dos pistolas descansan envueltas en franelas. Las contempla. Beretta y Glock. Sabe que están bien conservadas porque les da mantenimiento frecuente. Sin embargo, entiende que en asuntos de armas diecinueve años son muchos. Los corazones de quince tiros también envejecen. Cierra el cajón.

En la cocina prepara café. Se sirve. Lo prueba y una vez más tocan la puerta, ¿qué sucede? Quince años sin nadie y ahora se presenta algo parecido a una invasión.

Debe ser Carmen. Le diré que no puedo aceptar, ya no estoy en edad para esos trotes; además, mis pistolas son piezas de museo. Lo siento.

Nueve de la noche. Abre. Una mujer alta, algo gruesa, lo mira con ojos felinos. Néstor es delgado, tanto que podría parecer enclenque.

Buenas noches. Soy Choco Yturralde, jefa de campaña de Carmen Larrañaga, tu vecina. Te pide que te reúnas con ella ahora mismo, en el hospital. Acaba de sufrir un atentado. Hace como dos horas recibió dos balazos en la barriga y está bien jodida.

Eso de que el corazón es un gitano es una tomada de pelo, ¿verdad?

Nueve

Siente el impacto en el estómago. El primer impulso es responder que no es asunto suyo pero se contiene. Debe estar herida, "bien jodida", claro, muerta no lo necesita. ¿Un canto de la sirena? Recuerda que su mujer decía que muchas veces es la vida la que te compromete; aunque no quieras, las ideas te complican y los proyectos más. Por eso pintaba con su sangre. Por eso no le importaba morir de anemia y lo que resultara. Le interesaba el amor de él, pero su arte era el que ocupaba todos sus sueños. Siempre se lo señaló. Hombre de muchas almas. Un día le pidió que al morir sus cuadros fueran su compañía, y, cuando le llegara la hora, tuviera claro lo que debía hacer con ellos. Hombre que sabe estar solo.

Veo que comes mierda, Néstor del Valle, dime rápido si vas a venir o no, porque me está llevando la chingada.

Expresa la mujer, que en ese momento está desencajada y no se nota segura de nada. Pálida, aunque su mirada es de acero.

Carmen lo formuló claramente. Para este recado no podemos confiar en nadie, encárgate.

Ahora está allí, frente a Carmen Larrañaga exangüe; la han operado de emergencia; los disparos afectaron hígado e intestinos pero está fuera de peligro. Reposa francamente preocupada. ¿Por qué me atacaron tan pronto? El segundo disparo entró en un costado y el daño fue menor, afortunadamente. Era mi presentación. ¿Por qué los asesinos disparan doble?

Néstor, gracias por venir; nunca había vivido algo así, o quizá sí, por primera vez vi al diablo de frente y es realmente repugnante.

Habla pausadamente.

Más feo que su puta madre.

Agrega Yturralde, con extrema seriedad.

Verdad de Dios.

Añade Guille Franco. Néstor afirma y piensa. ¿Significa que el poder no se comparte? Aunque la corrupción sí.

Lo bueno es que no viste a la muerte.

Guille es alta, gruesa, decidida, ojos de broca en movimiento. Las acompaña la viuda de un policía muerto en el cumplimiento de su deber, que busca que le paguen el seguro de su esposo; tiene dos hijos pequeños. Es conocida como la Rusa. Es fuerte, blanca, de rostro redondo.

Veo que llegó la hora de activar los ojos de la espalda, verdad de Dios; Carmen, quiero repetir delante de Choco y de este señor lo que dije hace rato; la gente de las colonias nos la vamos a partir contigo; ningún cabrón nos va a detener, y menos esos lamehuevos de Camarena y Pandora, que no tienen criterio.

Néstor comprende que se halla ante verdaderas amazonas.

Gracias, Guille, tus palabras de verdad me llegan al corazón.

Pero no llores, porque vamos a valer madre, verdad de Dios; toma el ejemplo de la Rusa, aquí donde la ves, no llora desde tres días después de que le mataron al marido; según me cuenta, no es que se haya quedado sin lágrimas, sólo que está segura de que no sirve para nada.

La Rusa sonríe, es baja de estatura. Expresa.

Carmen, todas las viudas de policías que hemos sido tratadas como trapos viejos estamos con usted; queremos que se nos paguen los seguros de vida y las becas para la educación de nuestros hijos.

Juntas conseguiremos lo que necesitan.

Manifiesta la balaceada. Néstor del Valle escucha con rostro imperturbable. Guille propone.

Choco, ¿te quedas a cuidar esta noche? Tengo que ver a mis plebes y pedirle a alguien que me los cuide mañana cuando salgan de la escuela, lo mismo que la Rusa.

Vayan sin pendiente, yo me fleto.

Las mujeres se retiran. Se notan agobiadas. Entra una enfermera, saluda, toma los signos vitales de la paciente, anota y sale.

La política es una profesión que se ha vuelto muy peligrosa.

Señala Del Valle, mirando por la ventana.

Confieso que es más de lo que suponía, incluso mi abuela decía que jugaban en las elecciones.

Pasa que ahora hay demasiados intereses, Carmen, y los cabrones que tenemos enfrente son unos hijos de la chingada.

Pero ¿tan pronto quieren que renuncies?, ¿quién o quiénes?

Bueno, mataron a Kennedy, a Olof Palme, a Cleopatra, a Colosio, y actualmente a decenas de aspirantes. Muchos se están bajando.

Se respira el miedo… En fin, voy a avisarle a mi marido.

Néstor escucha, intenta volver al mundo de la acción, de tener ojos en la espalda, como dijo Guille Franco. Ser guardia de seguridad requiere de un estado mental que ahora tiene dormido. Su cabeza está llena de preguntas pero sólo hace una.

Aparte del jefe del Carnicero, ¿alguien más te odia a este grado?

Algo le dice que la querían matar pero falló el pistolero. Choco le contó los hechos camino al hospital.

No tengo la menor idea. Según yo, no tengo enemigos. Creo que habrá bastante sangre en estas elecciones. Hay más de treinta muertos y, aunque me duela, acabo de entrar en una lista por ahí.

¿Has considerado retirarte?

No lo haré, estoy dispuesta a ser su garrapata, entre más me quieran fuera más me aferro y les chupo la sangre a esos desgraciados.

Habla despacio pero se percibe su determinación. Choco terminó su llamada.

Esos son calzones, no chingaderas; serrana hasta las cachas.

Entonces necesito tu protección, señor del Valle; no sé cuánto deba pagarte, luego me dices, cuando gane me pongo a mano, ¿te parece?

Sonríe. Labios resecos, rostro lánguido, pelo desordenado. El suero fluye lento, herida cerrada.

Mencionan a sus contrincantes en plural, ¿cuántos son?

Vega, Camarena, Pandora, ¿quién más?

Varios más, como el Carnicero; Néstor, voy a ir hasta el final, sea cual sea.

Mujer que no es terca no es mujer, decía su difunta esposa.

Tienes que ayudarme, no tengo a quién recurrir y no creo que el INE me proteja.

Néstor sabe que debe responder en ese instante.

¿Harás lo que te pida?

Cualquier cosa, siempre y cuando no afecte la campaña.

Para cumplir tus planes necesitas estar viva, y si es sana y fuerte, mejor; entonces, tendrías que cancelar algunos asuntos de campaña.

Suena de la chingada.

Están al principio.

Carmen cierra los ojos un momento, piensa que ni siquiera se ha registrado y ya intentaron bajarla; no obstante, está decidida.

Si no hay de otra, de acuerdo.

Néstor del Valle hace un gesto afirmativo. Ya verá si continúa siendo un hombre de muchas almas, como decía su Nyomi, o un simple fugitivo de su pasado.

Señora Yturralde.

Dime Choco, no seas cabrón.

Expresa con cierto humor.

Vamos a llevarla a mi casa.

El médico dijo que no se moviera en tres días.

Pero yo digo que se mueve ahora y en tu carro; si la quieren muerta la próxima vez no fallarán y podría ocurrir en unos minutos, y mi casa sería un lugar donde de momento nadie la buscaría.

Tiene sentido.

Pinche Néstor, resultaste más cabrón que bonito.

En un hospital lleno de gente en movimiento es relativamente fácil mover a una paciente. Intercambia bata de enferma por blusa con Choco y llegan al elevador en la camilla sin que nadie se interese. Médicos y enfermeras siempre tienen demasiado trabajo. Una vez en la primera planta, Del Valle carga cuidadosamente a la paciente; Choco, que había guardado varios medicamentos en su bolso, sostiene el suero y en tres minutos están en la camioneta saliendo del estacionamiento. Hay tantos pacientes que ni los vigilantes hacen preguntas.

El garaje de Néstor es cubierto y allí queda la X-Trail azul de Yturralde.

Carmen, acostada en el asiento de atrás, hace el viaje en silencio y con algunos mareos.

Una vez instalada en una habitación desinfectada, con el suero goteando y las cortinas cerradas, la enferma cae en un sueño profundo. Apenas mira el librero y el clóset sin puertas pero ordenado.

Pasa de medianoche. Choco sale del baño.

¿Te gusta el café?

Me encanta. Me bautizaron con un chorro de café.

Carmen trajo pastel y está muy rico.

Buena idea, ¿te afecta que le pida a mi marido que venga a ayudarnos?

Una vez más siente que está siendo invadido. ¿Qué es una casa? Un lugar privado. Además, él ha creado un espacio íntimo, por eso no deja de sentirse incómodo.

¿Es médico?

Ojalá, pero es un cabrón con el que se puede contar; y necesitamos a alguien más que nos ayude a cuidar a la enferma. Mi marido es maestro de Historia en la universidad.

Del Valle tarda en responder.

Es muy discreto, incluso mucho más discreto que yo, algo que salta a la vista.

Néstor no quiere ser determinante, no todavía.

Está bien, pero que nadie más conozca el paradero de Carmen. Debemos mantener en secreto el lugar hasta que esté fuera de peligro. Sólo si es necesario, traeremos a un médico.

¿Quieres decir que no le diremos ni a las viejas que la estaban cuidando?

A nadie, ni a las vecinas que tanto la quieren y mucho menos a los periodistas, creo que estamos en arenas movedizas y debemos calcular bien cada movimiento.

La noticia del atentado ya es viral en redes gracias a la gente que de inmediato publicó videos de lo sucedido.

Entiendo, sugiero que al menos por hoy no respondas tu celular; tenemos que cuidar a Carmen y en estos casos la discreción es la mejor aliada.

Chingón. Entonces ¿qué hago con mi viejo?

Le explicas el asunto y, si le parece, que venga, que deje su carro en el parque Antonio López Sáenz, que es el más cercano. Veamos si ya está el café.

En una mansión amueblada con gusto y cuadros originales en las paredes, Alfonso Camarena bebe Buchanan's Deluxe con hielo, escucha una conferencia del presidente donde dice que están acabando con la violencia, que primero los pobres, que se acabó la corrupción, que van requetebién, que el nuevo sistema de salud es como el de Alemania y que no son iguales a los conservadores que gobernaron antes. Suena su celular. Es Pandora Alonso, la secretaria del partido.

Dime.

Baja el volumen del video.

Atentaron contra tu consentida.

¡Qué!

Lo que oyes.

¿Y cómo está?

No tengo idea.

Qué mal precedente, espero que no se les ocurra involucrarnos.

¿Crees que no? Sobre todo la Choco, que es tan cabrona.

¿La hospitalizaron?

Supongo que sí, la compañera que mandé a ver no supo con certeza, sólo que se la llevó Choco en su carro junto con otras viejas.

Investiga, iré a verla, no quiero que nos enreden en algo en que nada tenemos que ver.

Cuando tenga el dato te lo comparto, aunque ya es tarde.

Me lo pasas igual, necesito estar listo por si aparece la prensa.

El líder bebe de nuevo. Barrunta que algo podría salirse de control. Mierda. Reconoce que está un poco asustado. Un atentado contra Carmen Larrañaga, ¿quién se atrevería?, ¿por qué? Vega Fernández es un cabrón, pero no creo que sea tan pendejo; bien sabe que no lo necesita. Carmen debe tener sus enemigos, ¿pero en su primer mitin? No deja de ser extraño, ¿querrán inculparnos? Espero que las aguas no lleguen a esa turbulencia.

Estacionamiento de la Cineteca de la ciudad. El Carnicero baja de su auto negro. Dos esbirros lo esperan próximos a un auto blanco sin placas. Uno de ellos le señala el cuerpo que yace muerto sobre el volante, cuyo claxon no funciona.

El recién llegado abre la puerta y hace un gesto afirmativo.

Es el Cacho, jefe.

Lo mataron por pendejo, y que les sirva de ejemplo; ¿sabían que hacía jales por su cuenta?

No.

Esta mañana refirió que le había caído algo, pero era muy hocicón y no le creí.

Y mire nomás lo que le encargaron, chingarse a Carmen Larrañaga.

Pues grábenselo, no se anden metiendo en chingaderas, ¿dijo quién lo enganchó?

No, de eso nada.

¿Lo revisaron?

Sí, ni billetera ni celular le dejaron, sólo un carrujo a medio quemar.

Bien, déjenlo allí, el que lo descubra avisará a la policía. No quiero que nos relacionen con nada de esto y no lo olviden, nada de meterse en pendejadas; una estupidez como ésta puede afectar a nuestro jefe.

El Carnicero aborda su vehículo; los sicarios, el suyo y se esfuman. Una luminaria parpadea.

Diez

No digan que no, la noche es un universo aparte. Crece el amor, el odio y algunas plantas llenan el mundo con su aroma impecable. La mansión de Vega Fernández es enorme. De dos pisos, construida recientemente. Vive solo, si no contamos a los guardaespaldas y a las chicas que lo visitan con frecuencia.

No me chingues, Carnicero, ¿por qué tenías en tu equipo a ese pendejo?, ¿te das cuenta de que ese atentado nos puede afectar?, ¿sabes qué engendrará mañana la prensa? Una heroína de esa pinche vieja, una vieja de la que sabemos muy poco, así que te pones a investigar de qué puta madriguera salió, de quién es hija, quién es su machín y por qué no sabemos de ella de antes de sus veinte años de edad. Tal vez es la puta que todos nos cogimos.

Bebe frenéticamente mientras habla por celular. La mujer que lo acompaña lo escucha sin alterarse. Conoce sus desplantes.

Tranquilo, jefe, la mitad de los periodistas jala con nosotros, además de los que siguen al presidente, que son la mayoría.

Pues ya veremos. ¿Y qué vas a hacer?, ¿sabes qué pasó con ella, dónde está y eso?

No está hospitalizada, dos de los nuestros van ahora a su casa.

Mejor anda tú, necesito estar seguro de su estado de salud, no quiero estar en desventaja desde el principio.

Despreocúpese, jefe, tiene al partido y, en todo caso, caballo que alcanza gana.

Que tu nueva llamada me haga feliz, Carnicero; no olvides que ando muy sensible, y no vamos a dejar que esa rebanada de pastel se me caiga antes de probarla, ¿entiendes? Corta.

Carlos Felipe Vega Fernández, cuarenta y seis años, bien parecido, de cuerpo flácido, odia desperdiciar su tiempo, lo mismo que sus órdenes no se ejecuten al cien. Es un político con compromisos muy concretos y no le gusta fallar. En política fallar es morir y no está para eso. Conoce la máxima que establece que un político pobre es un pobre político y no es su caso; por eso y por otras razones no puede quedar fuera. Quiere reelegirse, y al llegar a la Cámara promover una ley que impida la legalización y regulación de la mariguana; una ley de ese tipo podría impulsar otras que incidan en sustancias que ahora aseguran la riqueza de sus amigos. Su rostro blanco enrojece. Camarena es tan pendejo que debe estar desencajado. Se vuelve a la mujer, una belleza de pelo corto parecida a Charlize Theron.

¿Cómo estuve, marquesa?

Descomunal, eres un gran líder; aunque no entendí cuál era el asunto.

Balacearon a Carmen Larrañaga en su primer mitin.

Ay, pobre, tan linda que es; en realidad, no soporto a esa lagartona, sobre todo desde que me confesaste que querías acostarte con ella.

Tranquila, cariño, de eso hace un siglo.

No me digas, justo hace diez días me lo contaste.

Por eso, un siglo de amor contigo.

Mmm, ¿siquiera la mataron?

Eres un encanto, marquesa querida, defiendes muy bien tu territorio.

Yo sí, ¿y tú?

Se besan.

A cincuenta metros de la casa de Carmen, el esposo de Choco observa que un auto se estaciona y salen dos tipos de negro con cachucha que lo inclinan a imaginar lo peor. No se detiene. Por curiosidad decidió recorrer la calle antes de estacionarse en el parque y topa con este cuadro. Al dar vuelta en la esquina marca a su mujer.

¿Seguro?

Absolutamente.

Estaciónate en el Antonio López Sáenz y no vengas hasta que te lo indique.

Mientras cruzan el jardín de cinco metros de largo, uno de los esbirros recibe una llamada en la que el Carnicero les ordena esperar.

Jefe, está muy solo, quizá la mujer no está aquí.

El sicario comprende. También le informan que no hay ningún carro estacionado y las luces permanecen apagadas, lo mismo que en el resto de las viviendas.

Esperen adentro.

Ordena y cuelga.

Claro, pinche vieja, de pendeja se va a su casa. Lo que es la vida, hace un mes el jefe se la quería coger y lo menos que decía de ella es que era la mujer más bella del partido. Ahora la ve como una amenaza, amenaza que casi le quita el Cacho.

Veinte minutos después, arriba al domicilio de Carmen Larrañaga. Durante un par de minutos observa las casas vecinas. Todas de una sola planta con jardines frontales. Todas a oscuras. Es la una de la mañana.

Es un barrio de viejos. Creo que la única joven es Carmen, que si el Cacho no hubiera estado pedo y moto, seguro le da en la madre; hasta muerto olía el cabrón. Eso que desea el jefe, ¿será en serio? ¿De dónde salió esta mujer? Tengo que mover ciertos hilos para saber qué onda.

Uno de sus hombres se halla en la puerta, a la vista, por la intensidad con que fuma está seguro de que es mariguana. Le llega el aroma. Camina contrariado. ¿Qué hace ese pendejo afuera? Chingada madre, los sicarios de ahora no son como los de antes, son unos pinches igualados y no les preocupa fallar. Tenemos que educarlos.

Pase, jefe.

¿Qué chingados haces afuera, pendejo? Además fumando esa madre.

El joven pistolero comprende que ha cometido un error.

Disculpe, escuché el carro y salí a esperarlo, por si se ofrecía algo. El diablo nunca duerme.

Pues no lo vuelvas a hacer, ¿qué no ves dónde estamos? Además con esa pinche pestilencia.

El Carnicero no tiene vicios. Su filosofía es estar siempre alerta y para eso evita los más mínimos distractores. Por ejemplo, prohibió a sus compinches comer en los carros y escuchar música cuando estén en misión. Lo mismo que beber y fumar mariguana. Como pareja, sólo se le conoce la Costeña, una hermosa morena, y no se nota muy comprometido.

Hasta ahora nadie ha encendido una luz o se ha asomado. Lo más seguro es que duermen. Claro, la edad no perdona.

Entran a la vivienda. Notan que todo se halla en desorden, incluso en la cocina la tarja está llena de loza sucia y hay restos de comida chatarra. Huele a mota.

Dejen ese pinche vicio, cabrones. Ya les dije que no pueden trabajar y quemar. Los necesito al cien.

Los sicarios dan toques furiosos y apagan sus churros.

Esta vieja es una pinche puerca.

Las habitaciones están vacías y hechas un desastre, como si hubiera pasado un ventarrón a revolverlo todo. Un sicario le arroja a otro un pequeño calzón rojo. Ríen.

Pronto el Carnicero cumplirá treinta y cinco años de pistolero. Hace diez fue cedido por el Cártel de San Román a Carlos Felipe Vega Fernández y le ha ido bien. De hecho, es la primera vez que un efectivo se lanza por su cuenta.

¿Quién le pagó al Cacho para matar a Carmen Larrañaga? Según era un mitin insignificante, con unas cuantas viejas emocionadas por el mensaje de la mujer y, según el morro que mandé a vigilar, el pendejo falló. Fue tan estruendoso el primer disparo que no tuvo tiempo de apuntar correctamente la segunda vez; además de que lo vieron, le mentaron la madre y dieron la voz de alarma. ¿Por qué no le ajustó el silenciador a su pistola? Seguro por briago. Aunque no había un policía a medio kilómetro a la redonda, salió corriendo como pedo. Ahora ese pendejo está muerto, ¿y Carmen Larrañaga? Ni idea. El jefe tiene razón, pinche vieja, ahora es una serpiente emplumada.

Nada por aquí, nada por acá.

Abandonan el domicilio.

Ustedes dos recorran los hospitales cercanos a la plaza Inés Arredondo. No creo que se haya registrado con su nombre. Pregunten por una mujer joven, bonita, con una herida en el vientre que acaba de llegar. Me avisan si la encuentran.

Sí, jefe.

Muévanse.

En su carro, mientras abandonan la calle Sergio Ortega, reflexiona, porque es de los jefes que jamás conversa con su chofer, un tipo silencioso, al que no le gusta usar armas pero que conduce como nadie.

Tal vez las viejas locas de las colonias la tengan resguardada. Quizá la Costeña sepa algo. Ésa, aunque no sepa nada, sabe.

Entra una llamada del comandante Aurelio. Tarda en responder, no le da tiempo de saludar, escucha, se pone serio, agradece y corta.

Esto se pone interesante.

Murmura y ordena que lo lleven al estacionamiento de un supermercado para ver el video del escape de la sirena. Dicen que todo cabe en un jarrito, sólo que en este caso el jarrito está creciendo más de la cuenta.

Antes de mostrarle nada, el comandante le pregunta si sabe el final del Cacho.

¿Qué final?

Aurelio, alto, moreno y robusto, sonríe suspicaz y le indica que vean la grabación. Menciona un número. Ante el gesto del Carnicero, expresa.

Es la cuenta, camarada.

No tenemos vela en este entierro.

Me vale madre; bien sabes que en esta vida nada es gratis.

Tengo curiosidad y, ni hablar, mi comandante, pago por ver.

Entre las dos de la mañana y el amanecer, perdura un lenguaje que no dice nada, que lo dice todo.

Once

Desde la ventana a oscuras, Néstor del Valle observa a los hombres que se retiran de la casa vecina. Entiende que el asunto es delicado y desde luego le parecen muy atrevidos. No cabe duda de que quien ordenó el allanamiento tiene poder y carece de escrúpulos para ejercerlo. ¿Dónde se refugian los mosquitos cuando llueve? Regresa a la sala donde Choco le pregunta si puede apersonarse su marido. Que venga. En los sueños de Fantomas.

Antonio Robles llega caminando. Semblante sereno, barba perfectamente recortada. Viste jeans y un suéter delgado sobre una camisa azul. Febrero es fresco en esta ciudad. Es un hombre sosegado que mira de frente. Lentes con poco aumento. Se presentan.

¿Cómo está nuestra candidata?

Saldrá de ésta, pero que te cuente Néstor.

Al parecer es hierba mala.

Es posible que este ataque realce su personalidad, sobre todo si decide continuar.

Un atentado siempre es un punto de quiebre, ¿hacia dónde seguirá Carmen Larrañaga?

No creo que desista.

Carmen no se va a bajar, Néstor, esa vieja tiene los ovarios bien puestos, y si antes sufría por sus miedos, ahora se han reducido a la mitad.

Entonces las dificultades se doblan.

Parecen matemáticas.

Rápidamente los varones hacen buenas migas. Analizan la situación. A Robles no le queda claro si querían matarla o sólo darle un susto, pero sí el valor de Carmen para continuar en la contienda. Ambos saben que su presencia en la Cámara de Diputados es necesaria.

La política requiere de voces nuevas y mejores ideas.

Las cosas importantes de la vida sólo ocurren con ese soporte; además, de personas capaces, que piensen por sí mismas.

No hay modernidad sin mujeres, y Carmen sabe hacia dónde sopla el viento.

Somos el espejo de la sociedad, cabrones. ¿Querían matar a un cornetero? Pues se la pellizcaron.

Volviendo al caso, para mí el objetivo era matarla. Dos disparos no indican otra cosa.

Creo que tienes razón.

Aun con eso, Carmen no se va a bajar. Está decidida a llegar a la Cámara y hacerse oír.

Al menos tengan claro que no será fácil.

Néstor, te pido por lo que más quieras que nos ayudes. En estos casos el INE no mata un chango a nalgadas.

¿Qué significa eso?

Pues que no da una, que no actúa como debería.

El jubilado guarda silencio. Es lo mejor. Pero tiene muy claro las palabras de Alexandre Dumas: "El orgullo de quienes no pueden edificar es destruir", y justo es lo que tienen enfrente.

Una hora después preparan café de nuevo. Choco se fue a dormir al lado de su amiga con el celular apagado.

Vi a tres señoras agazapadas a cuatro casas de aquí. Tras una ventana a oscuras sólo miré sus cabezas.

¿Te vieron entrar?

No, creo que perdieron interés cuando los tipos se marcharon y desaparecieron.

Son fieles seguidoras de Carmen.

Beben el brebaje aromático.

Dime, Néstor, ¿cuántos apellidos vegetales conoces en nuestro idioma?

No muchos.

Yo soy Robles, pero podemos encontrar Pino, Encinas, Rosas, Olivos, Flores, Montes, Piña, Granados, Manzano, Siruela, Mora, Limón, Trigo, Naranjo, Pimienta, Lechuga, Palma, Cerezo, Lima, Cebada, entre otros.

Interesante.

Oye, ya me dijo Choco que los cuadros de las paredes son de tu mujer. Son muy buenos. Me gusta esa manera en que un ser humano entrega todo a su arte, sin metáforas de por medio. Una artista muy especial.

Gracias, podría decir lo mismo; sólo que la extraño mucho y eso me paraliza. Sin embargo, entiendo tus palabras.

Disculpa, pero me cuesta mucho huir de mis impresiones; más si lo que veo me provoca un intenso sentimiento de adhesión, de respeto a lo enigmático de la propuesta, de esa manera tan aguda de comprender el mundo y expresarlo.

Nyomi, mi mujer, hablaba de eso; aseguraba que lo único que puede salvar al mundo es comprenderlo, que estamos acabando con él porque nunca nos detenemos a pensar en lo que es, en su historia, en su belleza, en que es vulnerable. El mundo es como un niño, lo dijo hace más de quince años. Días atrás leí un artículo del doctor Federico Páez donde trata de la contaminación ambiental por micropartículas, que es muy severa, y prácticamente se refiere a lo mismo.

Muy razonable, ya ves todo lo que se dice ahora del calentamiento global. Un fenómeno que ha puesto a los líderes del mundo contra la pared.

Bebieron.

Eres un profesor de Historia muy moderno.

Gracias, sólo trato de vivir mi época, atento a lo que ofrece y a lo que escatima; por ejemplo, me parece absurdo que a una mujer como Carmen, que tiene ideas claras y es inteligente, le cierren las puertas y atenten contra su vida.

La condición humana es un animal insidioso.

Y lo que sigue.

Gestos aprobatorios. Minuto de silencio.

Voy a dormir un poco. Por favor no enciendas ninguna luz. Podrían estar vigilando el barrio.

La modernidad incluye el amor a la oscuridad; así que anda sin pendiente.

Piensa decir. "Estás en tu casa", pero se abstiene.

Y no te preocupes; igualmente, si se te ofrece algo, con mucho gusto me encargo.

Cuando amanezca te diré qué necesito. Acostumbro salir a caminar temprano, lo haré como siempre, pero ustedes no se muevan; si Carmen precisara doctor, tengo manera de resolverlo.

De acuerdo, descansa. ¿Puedo tomar uno de tus libros?

Por supuesto. Son novelas.

Ya vi que tienes todo el *boom* latinoamericano.

Y a sus amigos y seguidores. Por cierto, agrega a tu lista el apellido de Ana Clavel, si no la has leído. Ahí tengo *Autobiografía de la piel.*

A las seis y media de la mañana regresa de caminar. Trae en una bolsa de papel jamón, pan, gelatina y queso. En otra naranjas, manzanas, plátanos y suero. Algo sabe de cómo alimentar a una enferma. Todo es normal en la calle, salvo un Toyota negro estacionado a cincuenta metros de la casa vecina.

Larrañaga está despierta, Choco está preparando el baño y Antonio se ocupa del desayuno. Huevos a la mexicana, pan y café.

Carmen debe comer, además de eso, algo de fruta, jugo de naranja y gelatina.

Como en los hospitales.

Por cierto, necesitamos suero del otro para que le siga entrando el medicamento.

Ahora que tome del que traje; agrégale los medicamentos. Llamé a un médico amigo y aprueba el cambio. Quítale el catéter.

Perfecto.

Desayunan con apetito, incluso la enferma, que sonríe con cierto ánimo y hace comentarios en voz baja.

Debo reponerme lo más pronto posible.

Entonces acuéstate y no te muevas para que las heridas cierren rápido. Al parecer, si duermes, los medicamentos actúan con mayor celeridad.

Acepta. Choco desinfecta el abdomen donde están las costuras. Del Valle la inyecta.

Néstor, ¿qué sigue, qué vamos a hacer?

Esperar y no sacar la cabeza. Algo me hace pensar que tus enemigos te andan buscando con cierto afán.

Anoche estuvo el cabrón del Carnicero en tu casa y un par de pistoleros mariguanos.

Dios mío, ahora sí les dolieron los callos.

Y los huevos a ese desgraciado.

Choco se quedará contigo. Aprovechando que el carro de Antonio no ha sido visible, me llevará a buscar algo que necesito; si hace falta algún medicamento lo traemos; en caso de que requieras médico, no olvides que tenemos una opción conveniente.

Traigan los periódicos. En la tele sólo hay noticias nacionales.

Necesito una pequeña libreta para anotaciones.

Bien, vamos, Antonio.

Cuarenta minutos después se detienen frente a una armería. Néstor se pone una gorra negra, lentes tipo Elton John y entra.

Busco algo de lo que no tienes a la vista.

El armero, viejo lobo de Marx, observa el rostro apacible de Del Valle.

¿Alguna preferencia?

Me llevo bien con don Pietro.

Sin más preguntas el armero traspone la angosta puerta de la trastienda.

Minutos después el jubilado abandona el lugar con dos Berettas APX de diecisiete tiros, dos silenciadores y varias cajas de municiones dentro de una bolsa gris de plástico.

Antonio escucha "Sin tu latido", con Luis Eduardo Aute. Del Valle queda circunspecto, esa canción le trae profundos recuerdos de Nyomi y, de vez en cuando, algunas lágrimas que le hacen pensar en alcanzar a su chica oriental lo más pronto posible. Se queda quieto. El auto se mueve. Sin duda lo hará cuando llegue la hora.

Si recuerdas otro apellido vegetal, lo compartes; anoche leí unas páginas de Clavel y me gustó.

Qué bueno, ¿tienes Higuera?

Uno más, gracias.

Avanzan. En un crucero un Jeep negro se pasa el alto y por poco colisionan.

Mira ese pendejo.

La prisa es hermana de algunas barbaridades.

Si tú lo dices.

En la casa, Carmen y Choco conversan.

Entiendo, y eres tú quien tomará la última decisión.

¿Por qué siempre hemos de ir cuesta arriba?

Porque hemos perdido siglos detrás de cada gran hombre, nada menos. Antonio dice que muchas soluciones están en la historia y que ésta se repite. Mira, si las mujeres se chingaron para conseguir el voto, fue por algo, ¿crees que doña Hermila Galindo, que se postuló en 1918 para diputada en el México posrevolucionario, la llevó fácil? Claro que no, pero dejó la enseñanza de que las mujeres podemos, y fue hasta 1953 que aprobaron la ley para que nosotras podamos votar.

No me voy a bajar, sólo que Néstor tiene razón, para continuar tengo que estar sana.

Ese pinche viejo es bien raro, pero está en lo cierto; ahora duerme un poco. Quién quita y sueñes que ya estás en el Congreso.

Anoche soñé, pero no recuerdo qué.

Yo sueño todas las noches y pocas veces me acuerdo.

En cuanto podamos, hay que avisarle a la Guille Franco que estoy bien.

Yo me encargo, y por si no te has dado cuenta, el pinche cornetero sigue más vivo que nunca.

Carmen sonríe con los ojos cerrados. Guardan silencio. Les llegan voces femeninas pero no se mueven. Choco sale sin hacer ruido. Por la ventana ve a Guille Franco y a la Rusa, que conversan con el trío de señoras. Ellas niegan. Observan por las ventanas de la casa de Carmen, elogian el parterre y sobre todo la bugambilia. Se marchan, un tanto desconcertadas.

Doce

A las seis de la mañana suena el celular del Carnicero. Es Vega Fernández.

Esperé tu llamada, Carnicero, ¿qué pedo con Carmen, güey?

Jefe, no le llamé porque a la vieja parece que se la tragó la tierra.

Dado el caso, quiero depositar flores en su tumba, sin embargo, me llegó el rumor de que está viva.

Anoche no la encontramos en ningún hospital y mi contacto en el grupo de las colonias dice que no está con las viejas.

A Camarena le informaron que la sacó una mujer, con la ayuda de un hombre mayor; la mujer debe ser Yturralde, ¿quién es el tipo que la ayudó?

Vi la grabación, jefe, y no se nota.

Carnicero, actívate, cabrón, visita a todas las amistades de Carmen. Debe estar con alguien o en alguna funeraria. Si es necesario, pide ayuda al comandante Aurelio, es tan cabrón que a lo mejor tiene vela en el entierro. Si le disparó el Cacho, necesito saber quién le pagó; con ese dato podemos saber por qué, ¿entiendes?

Completamente, jefe, pero no creo que esté muerta, si así fuera no tenían por qué sacarla del hospital de esa manera.

Pues investiga, en cuanto sepamos algo más, podríamos aventurar sobre quién o quiénes le quieren dar piso.

Comprendo, y de los periódicos no se preocupe, esas porquerías no tienen lectores; pero igual se arregla, conozco su precio.

Pues muévete. No estamos jugando a las escondidas, cabrón, ponte trucha; por supuesto que no podemos confiar en Camarena, y menos si está asustado.

Corta.

El Carnicero no ha dormido. A las siete de la mañana llama al halcón que vigila el barrio de Carmen Larrañaga.

Cero, jefe, en esta calle sólo salen viejos a caminar y viejas a barrer.

Mantén los ojos abiertos, en media hora te relevan.

Expresa y corta. ¿Qué sabe de Carmen? Que es linda, lista, canta precioso, es popular, lo que quiere decir que tiene muchos amigos y podría estar con cualquiera. ¿Y enemigos? Será interesante descubrirlo. Ese señor que la ayudó, ¿quién es?, ¿su pariente, un amigo, su amante?; ¿es miembro del partido?, ¿fue su profesor en la universidad?, ¿es su vecino?, ¿su doctor? ¡El esposo de Yturralde! A huevo.

Compra un café en Punta Cana y llama a Pandora Alonso.

Buenos días, señorita, disculpe que la moleste.

Pues ya lo hiciste, ¿qué se te ofrece?

Le explica. En diez minutos recibe la dirección de la familia Robles Yturralde y va por Antonio. Tú me vas a decir dónde está la vieja. Si el patrón quiere que me encargue, con mucho gusto. Tengo que reconocer que su duda es razonable, ¿dónde estaba Carmen Larrañaga antes de los veinte?, ¿a qué familia pertenece?, ¿dónde viven? En esto Aurelio puede colaborar también, tiene como cincuenta años de policía y sabe todo de todos, y claro que tiene su precio. Quizás hasta sepa quién mató al Cacho.

En la colonia Orquídeas del Bosque, encuentra una casa común y corriente, a oscuras. Cochera para dos autos vacía. Toca la puerta y nada, ve por una ventana y todo apagado. Macetas resecas. Una vecina que lleva a sus niños a la escuela le grita que se fueron el día anterior.

¿Sabes a dónde?

Nunca dicen.

Te acabas de poner la soga al cuello, papá.

Musita, y llama a la Costeña.

¿Cómo amaneciste, mi amor?

Después de nuestras revolcadas amanezco feliz, cantando, silbando y con hambre; ¿a qué hora te fuiste?

A las cinco, y ya estoy con ganas de otra buena noche.

Pues ya conoces mi dirección, papucho.

Yo encantado, mi amor, pero de momento no creo poder caer por ahí.

Pues no andes de pinche hocicón.

Sonríen cariñosos.

Oye, necesito dos favores.

Lo que tú digas, mi rey.

Consígueme la dirección del trabajo del esposo de Choco Yturralde.

Ya está, es profesor en la Facultad de Historia en la universidad, alumno de Luis González y González; su vieja lo presumió una vez que nos dio una plática sobre el papel de la mujer en la sociedad. Seguro se ubica en Ciudad Universitaria, ¿y la otra?

Quiero que andes muy pegada con Guille Franco, me urge encontrar a Carmen Larrañaga y ella debe saber su paradero.

Lo haré, no le caigo bien, así que es mi oportunidad de acercarme a ella; no te lo he dicho pero quiero su puesto, papá.

En cuanto el licenciado gane las elecciones, es tuyo.

¡Ése es mi viejo, cabrones! Aunque poco me dé para mis chicles.

Una cosa más, Costeña, echa una vuelta al barrio de Carmen, vive por la calle Sergio Ortega en la colonia José Agustín, los vecinos son gente grande, diles que eres periodista, que haces un reportaje sobre la segura candidata, pregúntales dónde nació, creció y qué hacía antes de los veinte.

De acuerdo, y no olvides que mi carro necesita gasolina y yo, que me des mantenimiento.

El Carnicero toma el malecón Francisco Labastida hasta su destino. Su chofer en silencio, como siempre. Es un serrano de más de cincuenta años.

Hace siete que lo trajo. De joven fueron compañeros de correrías pero perdió sus facultades para matar y prefiere no hablar, como una manda religiosa.

Minutos después, luego de encontrar la Facultad de Historia, escuchar que Robles no se ha presentado, conseguir su celular y marcarle sin que responda, sale del lugar desconcertado. Percibe que no será fácil. Reflexiona y concluye que nada ha sido sencillo para él y, por lo que cree, no lo será si no se abre a tiempo. Eso de buscar mujeres no es lo suyo. No entiende por qué su jefe quiere saber dónde se encuentra la sirena, no le ve sentido. Golpeó a Carmen, es verdad, gritaba demasiado y había que callarla. ¿Quién quiere darle piso? El sicario que falló en la plaza Inés Arredondo era un pistolero probado, pero había bebido y le había quemado las patas a Judas y es difícil operar así. Cada día es más complicado trabajar con Vega. Insiste en que investigue quién le pagó al Cacho, ni que fuera detective; además, se ha vuelto intransigente. Hace tiempo que el retiro suena en su cabeza, ¿a qué edad se retiran los asesinos? A la de ya. Suena su celular. Es Camarena. No responde. Dos minutos después llama Pandora.

¿Qué te pasa, pinche saico, por qué no le respondes a mi jefe?

Estaba en el baño.

Oye, si quieres algo más de Carmen, tenía un novio que es profesor en la Facultad de Biología, búscalo, se llama Joel Villalpando, podría estar con él.

Enseguida le pasa una dirección en un barrio de clase alta. Las residencias son hermosas, con jardines verdes, plantas de flores y árboles en las calles.

Villalpando es un hombre ejercitado que colecciona primeras citas. Hace dos años que no tiene que ver con Carmen pero la recuerda perfectamente, sobre todo porque accedió a salir después de muchas invitaciones y sólo aceptó un café en el Vianelo, una pequeña cafetería donde sirven postres y sonrisas. ¿De qué hablaron? Probablemente de Dalí. Se esfuerza en la caminadora vestido con ropa oscura. Transpira. Su ama de llaves le lleva un jugo de frutos rojos y le anuncia que lo buscan.

¿Quién?

Dijo que era un amigo de la facultad.

Todos en la facultad son sus amigos; así que sale sin pensar en otra cosa, limpiándose la cara con una toalla.

Aunque no reconoce al Carnicero y le da muy mala espina, igual se acerca decidido. Se saludan. Se encuentran en la sala. Muebles elegantes. Dos cuadros de Kijano, dos tintas de Cuevas y una de Toledo.

¿En qué puedo servirle?

¿Tan seguro está de que quiero pedirle algo?

Un desconocido se podría acercar a mí por dos razones: a pedirme algo o a matarme. Espero que no sea lo segundo.

Expresa sonriente, dejando la toalla en un sillón; el Carnicero hace un gesto afirmativo, le agrada que su interlocutor vaya al grano.

Carmen Larrañaga está perdida, necesito que me ayudes a encontrarla.

Villalpando piensa unos segundos, ¿le está dando una orden?

La hermosa sirena, no me extraña, si hay una mujer difícil en este planeta, ésa es Carmen Larrañaga. Para no hacerte perder tu tiempo, no tengo la menor idea de dónde pudiera estar. Hace dos años terminó una relación que nunca existió.

Creemos que está con uno de sus amigos, necesitamos verla con urgencia para que firme unos documentos.

Del partido, supongo.

Exacto, pronto serán las elecciones, queremos que sea candidata y todo debe estar en orden.

Carmen es una mujer efervescente, que piensa varias cosas a la vez, por lo mismo pudiera estar en cualquier parte.

El Carnicero sonríe sin ganas; es demasiada conversación para él. Deja ver su pistola en la cintura.

Hace dos años tenía tres amigas íntimas; no creo que hayan aumentado. Sólo conozco el domicilio de Choco Yturralde en Orquídeas del Bosque; las otras se llaman Dashiella H y Megan G; Dashiella trabajaba en el hotel Marcelo's, era gerente de compras, y Megan como ejecutiva en la Nissan que está en el corredor automotriz. De galanes no sé. Lo siento, pero no puedo hacer más por ti.

El Carnicero hace una mueca. Se despiden. Por la ventana, Villalpando observa el auto gris de su visitante y siente escalofríos. Qué tipo más delirante. Es verdad que Carmen lo rechazó, pero no fue abrupta y tampoco permitió que se ilusionara ni una pizca. No era de su gusto y ya. ¿Por qué desapareció?, ¿la levantaron? Enciende su celular y le marca sin suerte. Choco tampoco responde.

Ese señor no puede ser cosa buena.

El ama de llaves, que también cocina y arregla la casa, se acerca. De hecho es su única empleada.

Señor, preguntó con mucha insistencia si la señorita Carmen estaba aquí. Me obligó a enseñarle las recámaras.

¿Tanto?

Lo que oye; por favor tenga cuidado, hay mucha gente mala y ese sujeto no tiene facha de otra cosa. Si lo quiere saber, en la radio comentaron que la habían herido en un mitin, pero no dieron detalles.

Ah, caray.

Villalpando reflexiona un momento, marca un número. Responden rápido.

Buenos días, Esquivel, disculpa que te moleste, ¿es verdad que atentaron contra Carmen Larrañaga?

Positivo, amigo, pero tenemos órdenes de no publicarlo.

¿Es muy grave?

Lo ignoro, el reporte sólo indica que le dispararon en un mitin.

Gracias, amigo, te debo una.

Corta. Reflexiona un momento. ¿Qué pasa realmente con Carmen? Sin complicarse toma una decisión.

En casa de Néstor del Valle, después del desayuno, todos se notan animados. Carmen está despierta. Escucha lo que escribió una de las periodistas que fue testigo del atentado. Después de leer, Choco sonríe.

Artemisa está con nosotros, Carmen, y también su periódico; lo siento, pero tenemos que aprovechar la situación. Voy a platicar con Del Valle, tal vez pronto te puedas levantar para registrarte como candidata independiente, reactivar la campaña y que chingue a su madre el mundo; también el que te disparó y el que se lo ordenó.

Me siento mejor, pero aún no tengo fuerza suficiente.

Descansa unos días; según te sientas decidimos si puedes al menos tener una presentación, aunque sea breve, tal vez en una silla de ruedas. Puede verte el médico amigo de Néstor.

Está bien; por lo pronto sigue las instrucciones de mi jefe de seguridad.

Ah, cabrón, eso sonó chingón.

Carmen sonríe levemente.

Choco abandona la pieza y encuentra a Antonio con el celular en la oreja. Dice gracias y corta. Rápidamente anota un número de celular y apaga el aparato. Permanece un momento pensativo.

¿Pasa algo?

Un tipo, que podría ser al que ustedes llaman Carnicero, fue a buscarme a las siete de la mañana a la facultad. Me acaba de llamar la compañera que registra las asistencias.

¿Cómo llegas a esa conclusión?

Porque es de cincuenta años, vestido con chamarra de cuero negra, botas puntiagudas, mirada fija y un bulto a la altura del ombligo. Le dieron mi celular y me llamó.

Le pasa el número.

Vamos a comprobarlo, y dile a esa vieja pendeja que no anden compartiendo tu número, que es particular. En realidad significa que tratan de encontrar a Carmen por todas las vías; viejo, aunque no te parezca, no puedes salir, no hasta que Carmen esté a salvo y apuntalada por la gente.

Se acercan a Néstor, que lee una revista antes de iniciar la novela *Personas decentes*, de Leonardo Padura. Está concentrado.

Disculpa, amigo, mi marido se pone rabioso cuando está leyendo y lo interrumpo.

El cambio climático beneficiará a las víboras de cascabel, lo dicen aquí.

Pues a Camarena, Vega Fernández y al Carnicero les llegó muy pronto el beneficio.

Del Valle observa a Choco sin sonreír.

Perdón, Néstor, perdón, cuando me conozcas mejor verás que me falta un tornillo.

Antonio sonríe.

¿Carmen está mejor?

Se ve más animada y menos pálida. Te interrumpimos porque Antonio recibió una llamada de su trabajo donde le informan que un tipo, muy parecido al Carnicero, fue a buscarlo a las siete de la mañana.

Del Valle reflexiona unos segundos y externa.

Carmen está sentenciada, tratan de terminar rápido el trabajo y la buscarán por todas partes.

¿Tanto así?

Es una piedra en el zapato de alguien.

Qué grueso lo que dices, ¿pero por qué llaman a Antonio, y a la universidad?

A través de él pueden llegar a ti y luego a Carmen.

Néstor, tenemos que enfrentar esto; hay cientos de mujeres que confían en Carmen; no podemos rajarnos; incluso creo que debería dar la cara, demostrarles a esos pendejos que no les tenemos miedo.

Del Valle la observa. Comprende. Sabe que puede sacar ventaja del atentado; sin embargo, para que eso funcione, él tiene que ir un paso delante del Carnicero, afectar de alguna manera su sistema operativo y llegar a su jefe, que no puede ser gente buena; de su manera de reaccionar puede colegir el tipo de persona que es.

Aparta el libro. Piensa un instante en Padura. Recuerda a aquel funcionario que se apoderó de una obra de arte para satisfacer a un amigo y que quiso culparlo.

Parte de lo que podemos hacer es denunciar los arreglos que Vega Fernández tiene con el crimen organizado, ¿cómo ves?

Aunque tuviéramos pruebas, me parece arriesgado; ahora tenemos un enemigo, si hacemos eso tendríamos dos, que pudieran ser cientos; aconsejo prudencia.

Tiene sentido, pero si no nos movemos no saldremos en la foto; como su jefe de seguridad, debes decirme hasta dónde podemos estirar la liga, sin que se rompa, claro.

Ya lo dije, prudencia; viviremos días rapaces, tenemos que salir ilesos.

Es lo más conveniente.

Opina Antonio.

Simplemente recuerda lo que esperó Estados Unidos para entrar a la Segunda Guerra Mundial, a pesar de los apremios de Churchill. Néstor, si me busca el Carnicero nuevamente, ¿le contesto?

No, ¿ese señor tiene algún lugar de preferencia, un sitio donde se pueda encontrar?

Ni idea, siempre lo he visto con Vega Fernández.

Ayer estuvo aquí, hoy en la facultad, parece que él tiene más prisa por vernos a nosotros que nosotros a él.

Bueno, a Carmen.

Sugiero no salir ni mover las persianas. La casa de Carmen tiene vigilancia, estemos atentos por si viene a inspeccionar a sus muchachos.

¿Sólo eso podemos hacer? Néstor, no seas cabrón, estamos en campaña; Vega Fernández ha tapizado la ciudad con su foto y mensajes de que es "El Bueno". Cuando salgan las encuestas, seguro aparecerá con mucha ventaja.

Estamos en receso; en este momento lo importante es preservar la vida de Carmen. Muerta sólo iría a un lugar.

La pareja se mira entre sí. Comprenden perfectamente.

Por cierto, ¿ya tienes los apellidos Céspedes y Encino?

Anoto el primero, el otro ya, gracias, Néstor, ya me diste tres.

En ese librero hay libros de Eduardo Antonio Parra, con apellido vegetal, y agregas Rama, que también lo es.

Ahora tenemos dos pinches dementes.

Choco, ¿qué hizo Carmen para que quieran matarla? Suponiendo que ser candidata independiente no fuera el motivo.

La mujer reflexiona.

No lo sé a ciencia cierta, tenemos que preguntarle a ella.

No le veo sentido que sea sólo por una diputación.

Cállate la boca, Néstor, no tienes idea de lo sucio que se ha puesto el ambiente político, es difícil creer la cantidad de aspirantes que han declinado por miedo a perder la vida y a que afecten a su familia.

Antonio, que se mueve a la ventana al escuchar que un auto llega a la casa de enseguida, expresa.

Villalpando se ha hecho presente, ahora baja de su carro.

¿Villalpando? ¿Y qué pretende ese cabrón de alto pedigrí?

Choco se encrespa.

Podríamos preguntarle.

Néstor observa al joven que cruza el jardín. Toca, advierte que la puerta está abierta y entra. Del Valle decide esperarlo en la esquina, cuando gire. Va con ropa de hacer ejercicio. Del otro lado está el auto negro de los vigilantes. Desde ese punto lo ve dejar la casa y ser abordado por las señoras que piden cooperación. Las escucha, les da un billete y les indica que Carmen no está y que seguramente dejó la puerta abierta. Las señoras se miran entre sí y se acercan al inmueble. Entran. Villalpando sube a su Audi y se marcha. Las señoras salen. Chita cierra la puerta. Detrás de él se desliza un carro que lo seguía desde su casa. Néstor desiste de hacerle la parada. Ve a dos tipos de rostros patibularios que no pierden de vista el Audi.

Camina hasta el Oxxo cercano, compra un celular, lo carga dos minutos, le marca al Carnicero.

Dime.

Sé dónde está Carmen Larrañaga.

¿Quién eres?

Del Valle corta. Apaga el teléfono, lo echa en un bote de basura y regresa a su domicilio. Con eso espera librar a Robles de una posible llamada.

Se ve relajado. Siente que está de vuelta y que la adrenalina se ha activado. Reflexiona. ¿Será hora de buscar a sus viejos amigos? Dicen que el tiempo mata todo, menos la amistad. Entra. Choco le informa que la sirena quiere verlo. En la habitación nota que su huésped aún no se repone. Al menos así lo percibe en la leve claridad del espacio. Ella le indica la única silla presente, acomoda su almohada.

Quiero platicar contigo, Néstor, por favor no me interrumpas, ¿de acuerdo?

¿Segura? Porque aún estás pálida.

Necesito contarte algo y no quiero esperar.

Bebe un sorbo de agua. Clava sus ojos verdes en Del Valle.

Mi padre me vendió. O me cambió, según se vea.

Trece

Cinco de la tarde. Vega Fernández y Laila Comondú están reunidos en casa del primero. El hombre pone cara de estar sereno; ella, de profunda cavilación. Es delgada, morena, de edad provecta, luce un collar de esferas de barro cubierto de oro y vestido blanco de algodón. Es la adivina de confianza del político. También su hechicera. El hombre con ropa casual. Sala iluminada por la luz que entra a través de los grandes ventanales que dan al jardín, por los que no se ve hacia adentro.

No creo que no haya querido venir tu hija.

Bien sabes por qué prefiere no acercarse a tu casa. No insistas.

Por Dios, ella es la que siempre empieza, y, bueno, contra mi naturaleza de hombre no puedo, ¿puedes comprender eso, Laila?

Ella se detiene un momento en un macizo de flores bien cultivado que mira a través de la gran ventana. Brilla. Música suave. Ella bebe agua; el anfitrión, un rusty nail. En el jardín dos guardias conversan sin descuidar su trabajo.

Mejor vamos al grano, Carlos Felipe, ya me contaste de tu contrincante, de que fue herida y desconoces la gravedad y que, aunque no lo digas, te preocupa más de lo que quisieras.

Sí, un poco.

Carlos Felipe, te conozco desde que te parieron y, cuando me llamas, es que realmente estás perturbado, así que no me salgas con que "un poco".

De acuerdo, me caga esa vieja.

¿Por eso te alegra el atentado?

No puedo negarlo, me agradó y quisiera saber dónde está.

Mmm, ¿te acostaste con ella?

No, ¿cómo crees? Tengo malos ratos pero no malos gustos.

La mujer hace un gesto de incredulidad.

Bien, por el nivel que tienes al interior de tu partido, no necesitas que eliminen a nadie para llegar lejos como político; además, si matan a esa mujer no te beneficiaría, al contrario, afectaría tu carrera pues no faltará quien diga que tuviste que ver; mira, ejercita las reglas de convivencia pacífica que son las reglas de Dios. Con ella y con otros. No hagas tarugadas que inviten al Señor a ponerse de parte de esa muchacha.

¿Crees que no cuido las formas?

¿Cómo te atreves a decirme eso?

Los negros ojos de Laila Comondú centellean. Descarga eléctrica. Algo conserva de su belleza juvenil, pelo gris, rostro fino, pura estirpe guaycura.

¿Por qué la buscas con tanto afán? Bien sabes que el Carnicero sólo habla un idioma.

De verdad no lo veo tan grave, Laila, sólo tengo curiosidad por saber qué tan grave es la herida; con eso puedo imaginar si continuará en la contienda; este atentado fallido tal vez le sirva para tomar vuelo; ya sabes cómo es eso, una mujer indefensa víctima de un asesino despiadado, oh, qué pena.

Sólo veo una víctima que no te hace falta.

Tendrá su oportunidad, pero no ahora. Debe esperar.

Si está convencida de que ha llegado su tiempo, no creo que se quede quieta.

Si leyeras la prensa estarías enterada de que todos destacan mis propuestas para el Congreso, hasta dicen que soy el único diputado que merece repetir. Como bien sabes, soy "El Bueno".

Si tú leyeras la vida comprenderías que eres lo suficientemente inteligente para seguir un camino sin sangre. Por favor, no te olvides de tu madre, es tu mejor ejemplo de cómo no crear problemas donde no hay. Investiga el hospital donde la atendieron, encuentra al médico o las enfermeras que estuvieron allí y tendrás la información.

Laila, no es fácil seguir tus consejos, sin embargo, bien sabes que los he practicado todos, bueno, la mayoría. Cuando resultan, siento que el mérito no es mío, y vamos a buscar a esas personas.

Porque es de Dios; Carlos Felipe, somos un pequeño instrumento del señor, y en este momento, sé que debo aconsejarte ser prudente. Hay acechanzas en tu futuro inmediato que no conseguirás superar con brutalidades. Usa tu encanto, tu formación, tu inteligencia y no olvides que puedo percibir razones sin que me las digas, por ejemplo, la relación que tienes con esa mujer que parece actriz no te conviene, ahora mismo está fuera de control, corta de una buena vez. Alcanzo a ver una sombra espesa que podría hacerte mucho daño, pero no aparece clara.

Vega Fernández bebe sin pensar.

Entiendo, gracias; una cosa más, Laila, quisiera saber dónde se metió esta mujer. La sacaron del hospital y le perdimos la pista.

La adivina lo mira con desconfianza.

¿Con qué objeto?

Lo que te dije, saber si continuará terca en ser diputada.

Dame un minuto.

Laila cierra sus ojos, se concentra, toca las esferas de su collar, murmura una oración en un idioma desconocido; luego de un tiempo breve, abre los ojos.

Está moviéndose, quizás en auto, se nota nerviosa; veo a dos hombres con ella, uno es joven y es el chofer; el otro podría ser un hombre mayor.

El cabrón que la rescató del hospital.

¿En serio? Carlos Felipe, si la rescató del hospital, es un gran amigo, o un experto en protección.

Larrañaga es una rata remojada, no creo que pueda pagar protección.

Entonces es un amigo; razón de más para que extremes cuidados.

Bebe de nuevo. Laila hace lo mismo.

A lo mejor le gustan los viejos.

Si te obstinas, nada bueno resultará, esa idea está más allá de ti mismo; valora con cuidado ese aire oscuro que te impele y que no nace solamente de ti; ha sido un gusto verte, para eso no me necesitas; tienes mi cuenta, por favor, no tardes mucho en transferir. Estamos en tiempos difíciles.

Las mujeres están invitando a una reunión en el monumento a Agustina Ramírez mañana por la tarde, se murmura que podría estar Carmen Larrañaga, ¿podrías ir tú o Usingalai?

¿Qué te pasa, Carlos Felipe?, ¿no está allí la respuesta que deseas con tanto ahínco? Ya no eres un joven tarambana para enredarte. En cuanto a tu solicitud, tienes un partido muy poderoso que te respalda, un presidente de partido que parece tu sirviente, no nos necesitas.

Lo del partido y Camarena es verdad a medias; lo de ustedes es otra cosa; no te equivoques, Laila, si a alguna persona le tengo confianza en esta vida es a ti; bien lo sabes, desde que vivía mi madre.

Entonces no trates de llevarte a mi hija a la cama cada vez que se acerca.

Vega Fernández permanece en silencio unos segundos.

De acuerdo.

Esa tarde, pidió a la señora que lo atiende que se fuera temprano a su casa, los vigilantes están afuera y no los quiere dentro; entonces se sirve otro rusty nail. Un político que no bebe es un pobre político. Le gustan las razones de la hechicera, su gran amiga, y desde luego que las tomará en cuenta; por supuesto que podría barrer en la elección sin violencia. Sí, una campaña de reconciliación con Carmen

Larrañaga y con las mujeres es lo más conveniente. No zapatees demasiado porque te puedes ahogar en tu propio polvo, afirmaba su madre. Bebe y reconoce que le duele no tener más en su cama el cuerpo perfecto de Usingalai; un cuerpo lleno de calor y esa manera de perderlo en sus propias emociones sexuales. Comparada con ella, la marquesa es una pobre aprendiz. Por supuesto que no podrá quedarle mal a Laila, una mujer que necesita de él. Una arpía con sonrisa de santa, la definía su progenitora. ¿Qué será esa sombra oscura? Más vale que no me deje sorprender.

El día trascurre entre llamadas de la imprenta, del grupo de millonarios que lo apoya, de Camarena y su desfachatez, y una larga siesta con la tele encendida.

A las diez de la noche, cuando ha bebido suficiente y navega en recuerdos que lo ponen feliz, suena su celular. Es el Carnicero.

¿Cómo se llamaba la mujer de Adán?

Jefe, mataron a uno de mis muchachos; estaba de guardia cerca de la casa de Larrañaga, le metieron un tiro en la cabeza.

¿Y qué, pendejo?, ¿quieres que llame a sus papás, a la funeraria o a Derechos Humanos?

Perdón, jefe.

¡Fui muy claro, Carnicero, si me llamas, que sea para hacerme feliz!

Corta. Sus ojos son un rencor rulfiano.

Esa cabrona se movió, ¿a dónde, con quién? Sí, mi madre tenía razón, los enemigos no tienen sexo y, si son poderosos, menos. Si es mujer, los días que tienes para arreglar lo que sea son de menos de veinte horas; así que no te quedes paralizado. ¿Se lo pido a Camarena?, ¿le llevo serenata?, ¿me reúno con ella civilizadamente? Lo pensaré, la política es dejar hacer, dejar pasar y que todo cambie para que nada cambie. "Un hombre que quiere ser bueno entre tantos que no lo son labrará su propia ruina", dice Maquiavelo y tiene toda la razón. Pinche viejo, sabio como pocos. Salud.

Catorce

El dolor es leve, salvo cuando trata de moverse. De manera que de esto se trata, de aceptar que hacer política es exponerse con la idea de José Alfredo de que la vida no vale nada. Me cuesta entenderlo. Me cuesta. No ignoro la cantidad de aspirantes a puestos de elección popular que han sido asesinados, tampoco los que después de aceptar han declinado. Los que han secuestrado. Claro, la vida es primero, la familia es primero. ¿Y los sueños? Al demonio con los sueños. Debo aceptar que es una etapa difícil, ojalá de transición como suelen llamarla los observadores. ¿Qué concluirán del atentado? Además, fue en el primer mitin con mujeres, donde había unas cuantas. ¿Nos pondrán protección? Dicen que el INE estudia cada caso, como si eso fuera necesario. Espero que no lo hayan considerado un acto de campaña porque nos van a llamar la atención. Si marcaron, ni en cuenta, pues tanto Choco como yo apagamos nuestros celulares. Es más, el mío se lo llevó Guille Franco. Tampoco sé si tienen nuestros números. No pueden ponernos una multa porque carecemos de recursos. A veces pienso que no sólo nos cierran el paso a las mujeres porque no ha llegado nuestro tiempo, sino por un sentido de acaparamiento en el que no estamos contempladas. Al menos en Camarena percibo encono, ni se diga en Pandora, su brazo derecho, que no oculta su animadversión hacia mí, hacia Choco y hacia cualquier mujer en el partido que intente opinar o aspirar a un ascenso o, como en mi caso, a una candidatura. Barragán ni se despeinó para mandarme a freír papas. Dicen que no ha llegado mi tiempo, ¿cómo lo saben?, ¿quién hace esas mediciones?, ¿qué significa realmente? Hay mujeres más jóvenes que yo que están en la Cámara y lo hacen bien. Entonces no entiendo. Trataron de matarme, ¿quién?, ¿por qué?, ¿sólo por la candidatura?, ¿lo decidió Vega Fernández?, ¿y si alguien extraño a la política concibió la idea?, ¿Camarena y el partido tuvieron que ver? Podría ser un asunto policiaco. Eso es otra cosa, la policía ni siquiera ha preguntado sobre el caso. ¿Tan comprometidos están con mi contrincante? Debe ser, con razón Néstor no ha hecho observaciones sobre ese punto. Abuela, ¿en dónde estoy parada? Como dice la canción, cuatro caminos hay en mi vida, ¿cuál de los cuatro será el mejor? ¿Qué hago? Tres me mandan a casa. Confieso que la herida me hace dudar. Me anima Choco, que cada vez está más comprometida; también Guille Franco, que ofreció su respaldo absoluto. Néstor duda, y no le falta razón, para él, que continúe viva es prioridad y la verdad para mí también. Tengo que pensar muy bien si voy a seguir, y si me decido, tenemos que encontrar amigas y amigos que nos ayuden, tener un equipo de campaña. Es un hecho que me quieren matar; si no, ¿qué sentido tiene que sostengan a gente extraña vigilando mi casa, que el Carnicero aparezca con sus aires de asesino infalible?, ¿por qué he de mantenerme aislada, con las ventanas cerradas, en una casa ajena, sin recibir atención médica? Dice Choco que resista, que vamos a continuar pero que debo estar fuera de peligro, que Néstor está atento a los movimientos de los que pasan en autos negros como los que usan los guaruras de Vega Fernández, que Antonio lo auxilia en lo que puede, que ya son amigos. Que ambos buscan apellidos vegetales. Abuela, es increíble hasta dónde he llegado, no sé si lo percibas, pero hay demasiada incertidumbre en mi futuro; aunque me esfuerzo, no acabo de entender por qué me dispararon; ni siquiera me he registrado como candidata. ¿Cómo ves?, ¿me la juego o de plano me busco un marido con buen sueldo al que no le disguste que cante en el baño? Dame una señal amorosa. Te prometo lograr que mi futuro, aunque incierto, valga más que mi pasado.

Tocan la puerta. Del Valle saluda.

¿Cómo te sientes?

Convaleciente, pero mejor que ayer.

Mi amigo doctor opina que tiene que verte, que esas heridas son engañosas. Le expliqué que ambas balas salieron y que cada día te ves mejor, pero él insiste; dice que podrían haber tocado tejidos que tardan en regenerarse, que le parece extraño que te hayan cerrado la incisión del abdomen.

Néstor, si es necesario puede venir, al menos que me quieras llevar a su consultorio.

Bien, voy a arreglar una cita para que te vea. En otro orden de cosas, ¿tienes idea de quién está detrás de tu atentado?

Carmen mira el librero, alcanza a leer un título, *Hotel de arraigo*, mas no el nombre del autor.

Quieres decir, ¿aparte de Vega Fernández?

Es correcto; lo más fácil es pensar en él, pero ¿qué tal si hubiera alguien por ahí?

La verdad no tengo idea; no soy santa de la devoción de Camarena ni de Pandora Alonso, pero no concibo que se atrevieran a tanto.

La familia del Mirachueco, ¿podría manifestarse? Ser candidata te hace muy visible.

Néstor, era mi primera presentación, no creo en esa posibilidad; además, hace tanto tiempo y, desde luego, nada tuve que ver con su final.

Entiendo, sólo que protegerte implica que debo tener control de todos los frentes. Si algo te parece relevante, algún recuerdo o amenaza, me informas.

De acuerdo.

La sirena queda sola. No me equivoqué, este señor sabe hacia dónde sopla el viento; sin embargo, lo único que se me ocurre es que sea Vega Fernández, y sustento mis sospechas en la presencia continua del Carnicero. Se mueve ligeramente. Ouch. Luego farfulla una canción de Ferrusquilla a la manera de Luis Miguel.

Sabes mejor que nadie que me fallaste
Que lo que prometiste se te olvidó…

Quince

El jubilado infiere que los pistoleros que seguían a Villalpando, al ver que no los acercaba a la sirena, abortaron la misión. ¿O fue otra cosa? Ya verían si valdría la pena el riesgo de acercarse al maestro. A las nueve Dashiella H, y un poco después Megan G, amigas de Carmen, la buscan sin éxito. Aunque el Carnicero las asustó, querían saber sobre la salud de Larrañaga y fueron a su casa. Están enteradas de que fue herida, pero desconocen su estado de salud. Ni ella ni Choco responden el celular.

Néstor siente que la cuadra donde viven está muy caliente. Esa vigilancia de veinticuatro horas lo induce a pensar que debe ser más rápido que los contrarios. Divide y vencerás, funciona perfectamente; pero actúa rápido y vencerás, también. Entonces es prioritario mover a la sirena.

Alrededor de las nueve de la mañana, solicita a Yturralde que llame al exnovio y le plantee la posibilidad de que Carmen se resguarde en su casa un par de días. No desea exponerla más ante la estrecha vigilancia del Carnicero y en un hospital sería víctima fácil. Choco lo consulta con la sirena, a quien parece no importarle la propuesta; pregunta si el expretendiente está de acuerdo.

Villalpando se muestra cauto. Explica que lo han visitado y tiene la sensación de que lo siguen. Choco lo aprieta. No seas culero, pinche Villalpando. Insiste en que no es lo más conveniente para ella porque su casa no es segura. No seas hijo de la chingada, pinche güey, necesitamos ese paro. Entonces acepta, que un par de días está bien, y aclara que estará fuera de la ciudad.

Del Valle siempre fue un guardia decidido y muy certero con las armas. Así que no tiene problemas con un espía. Sale a caminar. Llega por la parte de atrás del auto. Toca el cristal de la portezuela. El pistolero lo baja.

¿Qué hay, ruco?

Tiro en la cabeza.

Durante un par de horas no hay vigilancia.

Lapso en que con toda calma meten el carro de Robles a la cochera y sacan a Carmen. Se van despacio. Choco los escolta en calidad de retaguardia. Desea que funcione, si la sirena no mejora tendrán que sacarla de la ciudad. No podemos hospedarla, la encontrarían en dos minutos, ¿quién tiene parientes fuera de la ciudad? Ni Antonio ni yo, y los padres de ambos viven en asilos. Reflexiona. No nos dejan otro camino. Tendremos que jugar fuerte. Más le vale a la pinche Carmen no doblarse, y menos quebrarse; es horrible que en nuestro país los inteligentes se inclinen ante los mediocres. Si continuamos así, seremos una nación bien pendeja.

Los recibe el ama de llaves, que hace de todo y resulta simpatizante de la sirena; la trata de maravilla. El maestro me pidió que la atendiera como se merece y eso haré.

Gracias, señora, es usted un ángel.

Por ahora lo mejor es que repose, ¿dónde la podemos acostar?

Choco toma cartas en el asunto. Néstor inspecciona la habitación lo mismo que la casa y las considera seguras. Le piden que trate de dormir, que a mediodía tomarán una decisión.

Entiendo, espero no agotarme de descansar.

Ya tiene una pequeña libreta y anota asuntos pendientes.

Pero no son ellos los que señalarán el siguiente paso. Dos horas después aparece Néstor con el doctor Zazueta, nieto de Hipócrates, que examina minuciosamente a la paciente. Cura la herida, que casi ha cicatrizado; sin embargo, detecta cierta inflamación en la zona que puede ser grave; receta nuevos medicamentos y autoriza que camine algunos minutos durante el día. La inyecta y le avisa que dormirá un par de horas.

Néstor, deben tomarle la temperatura cada dos horas. Veamos cómo evoluciona.

Doctor, está en sus días.

No importa, me interesa saber qué tanto varía; cualquier alteración, me avisan. En cuanto al mitin, que vaya solamente si no hay otra opción, lo considero un riesgo innecesario.

Con el crepúsculo, Carmen Larrañaga, en silla de ruedas, y su equipo arriban al monumento a Agustina Ramírez, una madre a la que le mataron doce hijos en la defensa del país contra los intervencionistas gabachos en el siglo en que se inventó el teléfono. Es una cuchilla para soñar y espera que eso sea de buena suerte. Aunque muy pálida y con ojeras, se halla dispuesta. Esa mujer tiene ovarios, no chingaderas. Alrededor de doscientas personas esperan. Noventa por ciento mujeres. De colonias sin servicios, sin escuelas de tiempo completo, viudas, prostitutas, estudiantes, luchadoras sociales, abandonadas sin pensión para sus hijos, ultrajadas y curiosas. Néstor del Valle vigila todos los ángulos, aplica las técnicas aprendidas años atrás. Antonio, Choco, la Rusa y seis de sus amigas se mantienen al lado de la futura candidata, cuidando que no se acerquen personas desconocidas. Una docena de seguidoras de la Guille Franco, que devuelve el celular a la sirena, vigilan entre el público. Una mujer joven se aproxima a la candidata. Es bonita, de mirada profunda y se percibe muy segura de sí misma. Sonríe. Choco la reconoce y permite que llegue hasta Larrañaga, que viste ropa para clima fresco.

Carmen querida, qué pena verte en este estado y en esa silla.

Se abrazan cariñosamente.

Gracias, amiga, como verás, la política moderna, más que maquillaje, requiere chalecos antibalas.

Y vaya riesgos, afortunadamente estás más viva que nunca y vas a salir de ésta.

¿Tú crees?

Claro. Oye, tengo un mensaje del senador para ti.

Larrañaga la mira a los ojos.

Te pide que no claudiques por nada, que desde ya te apoya y que va a empujar, no para que seas candidata por el partido, sino para que se respete tu candidatura independiente y se investigue este cobarde atentado.

Carmen hace un gesto afirmativo.

Es muy bueno tu mensaje, amiga, no sabes cuánto me estimula; oye, qué lindo tu vestido, ese color te va perfecto.

Un regalo de ya sabes quién en el día del amor y la amistad. ¿Y tú qué onda?, no te he visto con nadie.

Ah, es que los príncipes ya no visten de azul.

Bueno, cualquier cosa, ya sabes cómo encontrarme.

Luego expresa en voz baja.

Que sí, que no, que cómo chingados no.

Carmen sonríe.

Dile a tu papá que le agradezco con el corazón, y que me alegra que al fin haya un político de altura que comprenda mi situación y la de las mujeres. Y, por supuesto, vamos a seguir hasta el final.

¡Eso! El senador lo sabrá, y le va a gustar.

Gracias, amiga, dile que, como Adriana Páramo, le envío un abrazo al corazón.

Oye, güera serrana de piel tostada, votaré por ti.

Más te vale.

Afirma Carmen sonriente. La amiga se despide con un apretón de manos y se ubica para escuchar. Hay fotos de las dos, varias tomadas a distancia. El fotógrafo, hombre moreno, bigote, de baja estatura, es localizado por Del Valle, que registra su cara. Informa a Yturralde.

Ah, es el Morro, no te preocupes, es raza.

Mientras tanto, en la calle Sergio Ortega, Magui, Chita y la Comadre salen a recolectar fondos; esta tarde buscarán donativos en el parque. Las familias que llevan a los niños a los juegos mecánicos podrían cooperar, porque los que caminan o corren por la pista que lo circunda jamás llevan dinero encima.

Apenas se han reunido en la calle son abordadas por una periodista morena, de ojos claros, muy guapa y frondosa. Lleva una pequeña grabadora y una libreta de secretaria.

Buenas tardes, señoras, veo, por sus pins de adhesión, que he llegado con las personas indicadas; soy reportera del diario *El Sol del Trópico de Cáncer*, donde queremos publicar un reportaje sobre la inteligente, hermosa, carismática e increíble futura candidata a diputada, Carmen Larrañaga, y, como veo que ustedes son del comité de campaña, me gustaría que fueran las primeras en contarme sobre esta valiente mujer, que fue herida por un maldito cobarde. Ay, señoras, las veo tan contentas, tan guapas; usted, ¿qué protector se aplica? Porque su piel está tan fresca como una rosa; me gustaría regalarle uno a mi madre; de verdad, qué bonito se mira su cutis.

Las señoras sonríen ante la simpatía de esta mujer que está entrando a la madurez.

Es de L'Oréal.

Comparte Magui con una sonrisa.

Me lo recomendó Chita, aquí presente, porque a la Comadre no le gusta ponerse nada.

Cierto, prefiero mi piel limpia, un exfoliante, mi hidratante, y ya está.

También usted se mira hermosa y su piel muy tersa. Bueno, supongo que ustedes saben todo de la señorita Larrañaga; si no tienen inconveniente, sería un placer registrar sus nombres.

Exclaman que adelante.

Pues cuéntenme desde el principio, dónde nació y creció, quiénes fueron sus padres y abuelos, a qué escuela fue, si estuvo casada, si estudió canto porque, la verdad, canta como una profesional. En fin, esas cosas que casi siempre sabemos de nuestros vecinos y sobre todo de ella, una chica tan linda y sobresaliente, segura diputada federal por su distrito, y que a los votantes les gustaría conocer para apoyarla decididamente.

Las señoras sonríen. Claro que saben sobre la vida de Carmen en la sierra y su desenlace, y le cuentan todo. Magui y Chita se arrebatan la palabra. La Comadre aprueba con un gesto todo lo que dicen. La Costeña, al enterarse de algunos detalles como el de que tuvo que salir huyendo de un narco que la había comprado, duda en pasar toda la información al Carnicero. Mujer con una historia difícil, no puede evitar sentir solidaridad con esta joven que ha vivido tantos malos momentos y que sin embargo se atreve a dar pelea y no se da por vencida.

El mitin es un acto de entrega absoluta a la causa de Carmen Larrañaga. Hay llantos y rabia. Mucha rabia. Debemos tener calma, compañeras, he venido en esta silla para que sepan y estén seguras de que no me voy a bajar, de que no tengo miedo, y ustedes tampoco deben temer. No era necesario que lo hicieran, sin embargo, y de qué manera, nos avisaron que no será fácil, pero ¿qué ha sido fácil para las mujeres? Nada, y menos para mujeres como nosotras, como ustedes que viven al día, que batallan para llevar el pan a sus hijos y que nadie escucha. Este país no ha sido justo con las mujeres, eso debe terminar y nosotras, este formidable grupo aquí reunido, este tremendo distrito de mujeres trabajadoras y hombres conscientes, tendremos el valor de llegar a la Cámara e impulsar las propuestas más urgentes para lograr que las mujeres tengan el lugar que merecen y les ha sido escatimado. Aplausos. Hija, tenemos que apoyar a esta muchacha. ¿Es la que acribillaron y se salvó? No, sólo le metieron seis tiros. Oh. Se halla agotada. Aun así, insiste en la necesidad de legislar a favor de las mujeres, de castigar a los feminicidas, a los acosadores, a los padres irresponsables y demás desgraciados. La percepción de inseguridad de las mujeres en las ciudades donde viven es de alrededor del setenta por ciento y así es muy difícil vivir y desarrollarse. ¡Acabemos con eso! Aplauso de varios minutos. Exhausta y a punto de vomitar, la suben al carro de Antonio y avanzan cuidadosamente con rumbo contrario a la casa de Villalpando, quien, antes de que ellos llegaran, voló a un congreso a la ciudad más pacífica del país, donde además le entregarán un premio por una investigación sobre la producción de semen de ganado vacuno. Un genetista de primer nivel.

Circulan por un bulevar con tráfico. A poca distancia los sigue una camioneta negra en la que viajan el Carnicero y dos de sus secuaces. Néstor del Valle, con un pequeño catalejo, no los pierde de vista; por eso puede advertir que una camioneta gris claro, con dos hombres y una mujer, se les atraviesa en plena marcha. Órale. El jubilado se relaja. Sin duda alguien les está echando un cable. Claro, la hija del senador y sus guardaespaldas. Más tranquilo pide a Antonio que vayan directo a la nueva casa de seguridad, donde la sirena podrá recostarse, cenar algo ligero y dormir lo suficiente. Está agotada, pero contenta. Abuela, espero no morir en el intento.

Todas las mujeres se alegraron de verte, así que vamos a cuidarte como oro molido, pinche Carmen. Llegando te voy a checar la temperatura, te ves sonrosada.

Néstor le comenta que, además del Morro, vio a otros fotógrafos. Choco asevera que encontrarán a muchos que no respaldan el proyecto de Carmen. Que tendrán que soportarlos.

Después de cenar pollo frito y una cerveza, Néstor pide a Antonio que lo lleve a realizar un trámite.

Va otro apellido, Centeno.

Es verdad, pero ya lo tengo.

Es cerca de mi casa, me esperas en el parque.

Néstor, ese parque es muy raro, he visto gente alta y robusta caminando, unos de traje, muy elegantes, otros como beisbolistas, mujeres con vestidos floreados, incluso un hombre de blanco en una bicicleta que lleva un abanico eléctrico. Son de cabeza pequeña.

Cuando veas a un hombre acostado, que sueña, me cuentas.

Se escabulle por una calle cercana a la suya. Después de veinte minutos, camina calmado por la banqueta frente a su casa. Los vecinos se entretienen con la televisión o se están preparando para dormir. Dos minutos después, constata que dos tipos vigilan la casa de Carmen. Lo observan desconfiados. Pasa de largo al lado de un sedán beige. Rumbo a su casa masculla para nadie.

¿Qué será de ellos, querrán venir? Esos tragaldabas.

En su habitación saca del clóset una vieja y ajada alforja de cuero. En sus años de trabajo, guardaba allí un libro, una pistola, un sándwich y la pequeña cámara de grabar. Ahora guarda dos libretas, una para un diario que nunca ha empezado, la otra es una agenda con unos cuantos números de celulares. En la sala se prepara una taza de café, bebe y observa los números de sus amigos. El acuerdo, cuando se despidió, fue sencillo. Si encuentras un cadáver en tu clóset nos llamas, Brocha Gorda. Justo es lo que tiene en este momento, y es enorme.

Reflexiona. Bebe de nuevo y cierra la libreta.

Dieciséis

No me chingues, pinche Carnicero, ¿qué clase de bestias son ustedes?

Las mejores, jefe; le pido que más bien pensemos en qué gente trabaja para ella; la rescataron del hospital, la llevaron a un mitin donde se encontró con la hija del senador, su amigo, misma que nos bloqueó cuando la perseguíamos con un pretexto pendejo, matan a uno de mis hombres y se nos volvió a perder; entonces, por favor, vamos a pensar en eso.

Vega Fernández escucha atento, su principal pistolero jamás había hablado tanto. ¿Se estará revelando, el cabrón? No le paga para que piense, sino para que le limpie el camino de trabas; pero tiene razón. ¿Quién cuida a esa pinche vieja? Una vieja que hace apenas una semana me quería dejar caimán, pero, como Camarena pretende lo mismo, preferí esperar a que lo mandara por un tubo; además, con Usingalai es suficiente, esa morena sabe cómo volverme loco, aunque su madre se opone a que la vea; claro, sin olvidar a mi marquesa. ¿Ordeno que le quemen la casa? No es mala idea, o cambiamos de estrategia y nos dejamos llevar por las ideas de Laila. Pinche Laila, no sabe ni madres de política moderna, piensa como si estuviera en su tribu guaycura.

Carnicero, ven a mi casa, aquí vemos qué onda.

Prepara su rusty nail y bebe.

Suena su celular. Es Laila Comondú.

Buenas noches, Laila, ¿qué hay?

Carlos Felipe, el mitin fue un éxito, si no usas tu inteligencia, esa mujer arrasará contigo y con tu partido; decenas de mujeres gritaban, decían su nombre como si fuera una heroína, y ella desde su silla de ruedas, bastante demacrada, mantuvo la calma y les prometió lo que ellas esperaban oír. Leyes que las defiendan y castiguen a los agresores desde una perspectiva de género. Te ha puesto en un callejón que, si no actúas correctamente, no tendrá salida.

Laila, sólo queremos saber dónde se está recuperando.

No tiene sentido, Carlos Felipe, compórtate como un político civilizado; llama a la prensa, diles que nada tuviste que ver en ese atentado y que mandas tus sinceros deseos a Carmen Larrañaga de que se recupere pronto para que, entre ella y tú, los votantes encuentren la mejor opción. Con eso las mujeres pueden dudar y quizá votar por ti, un hombre de cuarenta años, guapo, rico, soltero y con buenas intenciones. No olvides que somos mayoría y aún nos impresionan los varones atractivos. Además, sé que no eres tú quien quiere afectar a esa mujer.

Vega Fernández la detiene.

Suficiente, Laila, has dicho demasiadas cosas, voy a pensarlas, confieso que no me resulta sencillo hacer lo que me pides, gracias por el elogio.

Sin embargo, al menos lo vas a intentar, eso hará que no piense que fui a ese monumento a perder mi tiempo. Además, ¿para qué te serviría saber dónde se está recuperando? Buenas noches.

El político bebe un trago.

Pinche Laila, tiene razón. Entonces, si no somos nosotros, ¿quién la quiere afectar? Suena interesante.

Laila Comondú quedó impactada con la personalidad de la sirena, y, aunque deseaba que su amigo llegara lejos, concibió un sencillo plan para ayudar un poco a Carmen Larrañaga. Eso, de mujer a mujer, y sin que se supiera.

Vega Fernández rumia durante varios minutos las palabras de la hechicera. ¿Por qué no me han buscado Camarena o Pandora? ¿Tienen dudas o qué? Tocan la puerta de la sala, ha decidido que se comportará como un político educado; no buscará más a la sirena y no culpará a nadie del pasado por lo que no pueda resolver correctamente. Ya verá que cualquier modificación no lo perjudique. Los vientos que lo impulsan son huracanados y debe ser precavido, ¿qué pasa con Camarena, acaso se aterrorizó?, ¿en qué punto estamos? Eso de que un político pobre es un pobre político no se ajusta a Carmen Larrañaga, que no tiene para calzones y allí anda dando brincos.

¿Qué hace la hija del senador con esa bruja? Lo verá con Camarena, que seguro conoce el dato y estará investigando qué hay bajo ese acto inesperado. Recuerda que en política nada es simple y que la forma es fondo y que cualquier descuido la transforma en sólo fondo. Pregunten a los que han perdido una elección. Se rumora que el senador aspira a la gubernatura, sería un excelente candidato y con el apoyo de las mujeres, invencible.

Su celular se activa. Ve que se trata de una mujer a la que ya no quiere recibir. Lo deja sonar.

Quince minutos después llega el Carnicero. Los hombres que lo acompañan se suman a los que resguardan la mansión, protegida por un oscuro muro de tres metros. Su rostro es frío, sus ojos negros parpadean sin prisa. Vega Fernández lo ve y siente ganas de meterle un tiro, pero se contiene. ¿Se estará haciendo pendejo con la edad? No olvida que se lo mandó un hombre muy poderoso con el que es mejor llevar la fiesta en paz. ¿Ordenaría el senador a su hija proteger a Larrañaga? Al parecer son viejas amigas. El caso es que si fue tras ella para escoltarla, este asunto ya trascendió y es razón suficiente para movernos con pies de plomo. Que no se me olvide que soy "El Bueno".

Buenas noches, jefe.

Buenas, Carnicero, pasa, hablemos.

No hay mucho que hablar, jefe, hay que llegar a las últimas consecuencias y ésas son corregir lo que el Cacho dejó empezado.

Y santo remedio, ¿verdad?

¿Qué más podemos hacer?

Nada, Carnicero, es febrero, mes del amor y la amistad y falta mucho para Navidad. No levantemos más polvo.

¿Qué quiere decir?

Que ahí muere, retira a los vigilantes de la casa de Larrañaga; me queda claro que está bien; de manera que competiremos contra ella y el montón de suripantas que le prenden velas.

Vibra el celular del Carnicero.

Jefe, ¿me permite contestar una llamada?

Sólo si es de tu pinche madre.

El Carnicero responde.

Tengo todo sobre Larrañaga.

Dime cuatro cosas.

Nació en sierra Colorada, en el Naranjal, fue mujer de un cabrón conocido como el Mirachueco, al que se le escapó, llegó a vivir con sus abuelos cuando tenía veintiún años y estudió en la UNAM.

Órale. Gracias.

El Carnicero corta, sonríe y mira a su jefe.

Sabemos de qué nido viene la paloma.

Vega Fernández pone atención.

Del mero corazón de la sierra Colorada; algo más, fue mujer del Mirachueco y se le escapó.

Vaya, vaya.

Vega Fernández reflexiona sobre lo que podría estar detrás de esa revelación. El Mirachueco era hijo o sobrino de su amigo y protector, tenía tantas mujeres que el Señor de la Sierra jamás le puso atención a ninguna. Quizá no sea mala idea que se la ponga a esta vieja que se está convirtiendo en una espina en el trasero. Entiende que eso no lo puede tratar por teléfono, pero lo intentará.

De cualquier manera, quiero saber quiénes la protegen; lo haré por ti, Carnicero, ¿te das cuenta de cómo estás valiendo madre ante ellos?, ¿qué te pasa, cabrón?, ¿diste el viejazo? Nunca la habías cagado y menos en un asunto tan sencillo como localizar un domicilio.

El hombre, sin un gesto preciso, se vuelve hacia el jardín. Está encolerizado. El Carnicero, con ganas de sorrajarle un tiro en la nuca.

¡Cabrón, ponte las pilas!

Pero continúa imperturbable. Es un veterano y pocas cosas lo asustan. El político decide estimularlo. Saca un fajo de billetes y se los pasa.

A chambear, Carnicero, y cómprate una chamarra nueva.

Ésta tiene tres semanas.

Si no te alcanza me dices.

Alguien abre la puerta con suavidad. Ambos se vuelven. El Carnicero con el arma en la mano. Vega Fernández un poco asustado. Pero nada, es Usingalai, la hija de Laila Comondú, que sonríe con coquetería. Se relajan.

Qué alegría verte, querida, me adivinaste el pensamiento, estaba a punto de mandar por ti.

Mintió el político con su acostumbrada facilidad.

Hola, Carlos Charlie, por Dios, cada día estás más bello.

Voz melosa, insinuante, hechicera. Es realmente hermosa, morena de rostro fino, vestido transparente, se nota su cuerpo perfecto, su sexi ropa interior, sus pezones erectos, sus labios sin pintar pero agresivamente invitadores. Cuerpo de uno setenta de estatura sin un solo defecto.

Vega Fernández tiene una erección inmediata y al Carnicero se le seca la boca. Chin. Claro que había visto antes a Usingalai, pero nunca vestida de esa manera. Resiste las ganas de matar a su jefe y quedarse con ese cuerpo para siempre. Apenas lo escucha cuando el señor masculla.

Carnicero, mañana vemos ese asunto.

Usted me llama, jefe.

Expresa un tanto mosqueado. Usingalai se aproxima con pasos felinos. El pistolero se retira lo más rápido que puede.

La chica llega con Vega Fernández.

Carlos Charlie, el bello.

Murmura en su oído, aliento caliente, le muerde la oreja y con una mano le acaricia la tremenda erección, mientras el hombre toca su cintura y sus nalgas con avidez.

Papito, veo que estás listo.

Un político sin una amiga como ésta también es un pobre político, piensa Vega Fernández.

En las oficinas del partido en el poder, Camarena, Pandora Alonso y el doctor Carriego, consejero áulico, conversan en voz baja. Están alarmados, sobre todo los primeros. Le plantearon el problema al líder nacional y exclamó con claridad evidente que se rascaran con sus uñas, que para eso les había concedido ese territorio.

¿Qué opina, doc?

En primer lugar, no olviden que son dirigentes de una sección de un partido poderoso, que tiene recursos suficientes; eso les debe dar tranquilidad, aflojen el cuerpo; en segundo, si la oposición crece, gran parte se debe a la conducta inapropiada de muchos funcionarios, al mal desempeño en algunos sectores clave; no olviden lo que el presidente señalaba en cada una de sus presentaciones cuando era candidato, la corrupción extrema, una pobreza vergonzante, la necesidad de mandar al ejército a los cuarteles, y no me salgan con que no ha cumplido nada; el caso es que esa mujer está creciendo por el comportamiento del partido y del futuro candidato. Tampoco deben ignorar que tiene carisma. Desde mi punto de vista, están a tiempo de recuperar el terreno perdido.

Entendemos. De entrada le reitero que no podemos bajar a Vega Fernández.

No dije que lo hicieran; lo que sugiero es que no más atentados y amenazas a la contrincante; platica con Vega y tranquilízalo, tiene todo el aparato del partido para ganar, pero necesita comportarse; conversa con ella, en fin, que trabajó mucho tiempo en esta institución.

Doctor, nada tenemos que ver con el atentado.

Aclara Pandora, y pregunta.

¿Cómo ve lo del senador? Su hija estuvo en el mitin y saludó efusivamente a Larrañaga.

No se detengan en eso, ¿quién les dice que no es una acción ordenada desde arriba?, ¿una cortina de humo? Al parecer, son grandes amigas desde la universidad. Resuelvan lo urgente, donde convenga acatar las disposiciones electorales, jueguen limpio; donde se requieran otros recursos, sean discretos.

Camarena y Pandora intercambian miradas. Un aspecto más del que se deben cuidar. El doctor emite un par de sugerencias más y se despide.

Camarena marca a Vega Fernández, pero su teléfono está fuera de servicio.

Ese cabrón no tiene remedio, pero es imposible bajarlo; como sea, me tiene hasta la madre.

Pandora observa desconcertada. Nunca había escuchado a su líder hablar así. Claro, jamás habían enfrentado una situación similar. Más le vale mantener los ojos abiertos, están naciendo torbellinos.

Diecisiete

"Imaginar un duelo al amanecer, en el París de finales del siglo XVIII, no es difícil", lee Antonio Robles al empezar con curiosidad *Hombres buenos*, libro que Néstor le llevó por si quería leer una novela histórica. Se detiene un momento y recuerda claramente escenas de *Los tres mosqueteros*, donde abundan los duelos. Tengo que llamar a Sara Poot, con tanto ajetreo olvidé enviarle un par de libros sobre la presencia de los jesuitas en el noroeste. Al parecer, pretende reforzar sus conocimientos sobre la relación de la Compañía de Jesús con Sor Juana. Pero no puedo hacerlo. Néstor está seguro de que podrían seguirnos y rastrearnos por nuestros celulares. El Carnicero tiene mi número. Lo siento, amiga, tendrás que esperar. Hay un franciscano mallorquín cerca de ti, fray Junípero Serra, por si no lo has considerado.

La sala de la casa de Villalpando es amplia, iluminada, aún con las cortinas que cubren la ventana al jardín frontal. El jubilado observa los cuadros en la pared. Cuevas le parece un artista de carácter, que sabe que en el arte nada es simple y lo expresa en su obra: cada trazo es un suspiro de alivio; Toledo lo conduce a un mundo del que nada sabe;

pero Kijano lo provoca, suena y baila suavecito, mientras hurga en todas las fragancias que no se nombran en los tangos; ¿cuál es el mensaje esencial de su cuadro? Infiere que pinta el infinito acotado no por el espacio o el tiempo, sino por emociones matizadas de colores equinos. Su trazo contiene todos los mensajes, sus cuerpos son todos los cuerpos y su apuesta por la belleza es para no perder. Como sugería Nyomi, siente su obra, toda esa variación de colores lo conduce a un éxtasis interior que no sabe nombrar pero que lo pone en un viaje hacia el vértice de un arcoíris iridiscente. Está embebido cuando escucha la voz de Choco. Carmen quiere reunirse con todos. ¿En serio? Antonio se pone de pie y le hace una seña. Néstor lo sigue hasta la habitación de la sirena.

Se encuentra sentada en la cama, recargada en tres almohadones blancos, con su libreta y una pluma. Sus ojos verdes están un poco más vivaces y su palidez menor. Cabellera húmeda. Se nota que acaba de bañarse. Les pide que se sienten.

Quiero escucharlos. Ayer tuvimos un mitin y me interesa la valoración de cada quien. Antonio, por favor.

Aunque pronto se te notó el cansancio, te vi bien; fuiste muy certera en los puntos principales de lo que serían tus propuestas en el Congreso. Un aspecto notable es que la gente se olvidó de que estabas herida, se clavaron en la líder que esperan que seas. Una mujer de ideas claras y consciente de la problemática femenina contemporánea. Creo que te convendría señalar o hacer alusión a tu contrincante y un par de nombres más, que la gente identifique a algunas personas que han provocado el estado de cosas que estás señalando. Sin exagerar, para que el INE no te llame la atención. Sin duda tienes convocatoria y debes hacerla crecer. Pienso que deberías proponer la creación de un programa de microcréditos para las mujeres, como manera realmente efectiva de combatir la pobreza, el desempleo y la dependencia de cualquier programa social.

Robles indica con un gesto que es todo lo que dirá, de momento. Carmen lo aprueba y Choco toma nota en la libreta.

¿Qué opina mi jefe de seguridad?

Néstor mira sus manos.

Desde el punto de vista político, debes escuchar a Choco y a Antonio, ellos saben ver la importancia de tus palabras y su impacto en las asistentes. Desde lo que me corresponde en lo relativo a tu seguridad, fue demasiado arriesgado. Localicé a los sospechosos desde que llegamos; quizá sólo querían ver tu fuerza o calcularon que otro atentado no funcionaría, se quedaron a escucharte y luego nos siguieron. Tu amiga los detuvo y pudimos escabullirnos, pero el peligro es real, te quieren muerta y no van a cejar en su empeño. Pienso que hay algún motivo por el que te temen y cada vez será más difícil protegerte. Como te comenté, quizá se trate de algo adicional a tu intención de ser diputada. He pensado en lo que me contaste y no sé si sea capítulo cerrado; desde luego, no puedo asegurar que sea el origen de la agresión, pero tengo que pensar en todo.

¿Tienes algún plan?

De momento, retardar lo más posible una nueva aparición; como ya te dije, la mejor campaña es la que te mantendrá con vida. Y si ya tienes alguna idea de por qué quieren acabar contigo, me serviría mucho para prever sus movimientos.

Pues mira, el hijo de la chingada de Camarena se la quería coger y Carmen no aceptó; Vega Fernández también quería con ella, aunque no se lo dijo, sus expresiones, cuando la veía, no indicaban otra cosa. Son un par de machos de mierda que no saben perder, que sólo la ven como un objeto.

¿No exageras?

Es lo que quisiera, Carmen, pero conozco muy bien a ese tipo de pelafustanes, que no valoran el trabajo de las mujeres, sólo las cosifican. Por otro lado, estoy de acuerdo en que debemos extremar la vigilancia, pero también deben verte y oírte; recuerda que santo que no es visto no es adorado. Cuando el INE lo autorice, si tenemos recursos, haremos una campaña en la radio y en redes, pero de momento, sólo podemos reunirnos con la gente.

¿Han dicho algo en el INE sobre la protección?

Nada, son increíblemente lentos.

Se hace el silencio. La sirena reflexiona. Advierte que hay tres pares de ojos atentos a sus palabras. Mueve la cabeza y emite.

Bien, gracias.

Dice Carmen con un tono de resignación, pero a la vez firme de continuar viendo a cada uno del equipo directo a los ojos.

El jubilado toma la palabra.

Una cosa más, la temperatura de tu cuerpo está en 37.5; Zazueta vendrá nuevamente, cree que la herida pudiera estar inflamada.

Me lleva la que me trajo.

De acuerdo, veamos qué nos recomienda; aunque, a decir verdad, no me siento tan mal como para tener una infección en la herida.

Será mejor que él lo diga.

Bien, gracias.

Néstor y Antonio abandonan la habitación.

No sé qué pensar.

Cubre sus ojos con las manos.

Pues yo sí.

Responde Choco, una mujer nacida para resolver problemas.

Para empezar, el mitin fue un éxito. Las mujeres mostraron entusiasmo y ya sabes que las mujeres siempre somos varias; nos chingan y somos parte de un grupo, nos emocionamos y también somos un conglomerado. ¿Has visto un video de los conciertos de Taylor Swift? Un chingo de mujeres gritando, cantando y llorando, extasiadas. Apuesto a que cada una de las presentes en el mitin dará su versión y podría conseguir simpatizantes para nuestra causa.

Espero que tengas razón.

¿Por qué no? Carmen, por favor, todo lo que propones es un dedo en la llaga para la manera en que se manejan actualmente los problemas de las mujeres, de todas las mujeres.

Me gustó la presencia de la hija del senador; eso debe tener pensativos a los del partido.

Más que pensativos, hasta la madre de asustados; el senador es un hombre poderoso.

Una cosa, Choco, tendremos que obedecer a Néstor sin chistar.

¿Acaso no lo hacemos? El güey nos trae pendejas.

¿Te confieso algo? Su propuesta, en vez de darme miedo, me da seguridad.

Chingón.

Ahora voy a descansar, que necesito estar lo más fuerte posible para lo que venga, incluyendo al doctor.

Así me gusta, que no dejes de ser una vieja calzonuda. Una pregunta, ¿te gusta esta casa?

¿Quieres decir lo que quieres decir?

Claro, el güey es de alto pedigrí pero me cae bien.

Carmen sonríe.

Cuando la vea bien te digo.

Antonio, de nuevo necesito ir a mi casa. Me esperas en el López Sáenz.

Me encantó, quiero ver de nuevo a esos personajes enormes, de cabezas pequeñas. La primera vez bajaban de un barco atracado. Uno de ellos vestido de marino.

Una hora después, observando uno de los cuadros de Nyomi, expresa.

No me creerías en lo que ando, y menos lo que estoy a punto de realizar.

Sonríe. Tiene la libreta de direcciones a mano. Lee una página de José Antonio Marina y queda frío ante la idea de que "la vida de quienes contravienen las normas deja de tener valor, el poder que dicta las normas es quien decide sobre el valor de la vida. Es lo que hicieron los nazis con su principio 'vida indigna de la vida'". Y es lo que tratan de hacer con Carmen Larrañaga. La vida es un juego duro donde, como dijo el escritor Santiago Gamboa, "perder es cuestión de método". Carmen, que Dios te salve de tu destino, si es que nosotros no podemos. Guarda la libreta.

Dieciocho

Estaba seguro de que vivir bien con Dios era suficiente. Un jubilado puede pensar eso, sobre todo un jubilado como yo con algo de elefante, quiero decir que me arrinconé para morir; es verdad que diariamente procuro aprender algo, cualquier cosa; en algún momento me enteré de que eso retarda el envejecimiento, lo mismo que comer con corrección y tener sexo. Sin embargo, conocer a Carmen Larrañaga, ver el maltrato que recibió, custodiarla después del atentado, escuchar sus ideas y conocer algo de su historia me hizo pensar que somos parte de una sociedad imperfecta y nos corresponde hacer cosas y correr algunos riesgos. Cuando se es viejo, la vida tiene poco de inesperado, como que es un guion que se repite infinitamente. Me gusta animarme todos los días con unos versos de Walt Whitman.

Do not let the day end without having grown a bit, without being happy,
without haven risen your dreams.
Do not let overcome by disappointment.

Antonio Robles escucha a Néstor con respeto. Comprende que es un hombre que no se dobla y que sus razones para actuar son cristalinas. Habla sin alzar la voz dejando que las palabras fluyan.

¿Había mucha acción donde trabajabas?

Sí, es asombrosa la cantidad de personas que no sabe comportarse en un museo. Y no siempre es que traten de tocar los cuadros, no falta quien se los quiera llevar o tomar fotos donde está prohibido.

He leído que ahora en algunos países vandalizan obras famosas.

También yo; entonces imagina el trabajo del equipo de seguridad. Tú que eres historiador, piensa por qué cuidan tan celosamente la colección del Museo del Prado, con sus cuadros de Goya, Rubens, Velázquez, Ribera, Zurbarán, el Greco y el sorprendente Bosco. Recapacita en la manera en que se debe cuidar la obra de Frida Kahlo, Rivera, Orozco y Siqueiros. Hoy, únicamente me encargo de los pequeños cuadros de Nyomi. Todos los días medito en que nada les debe pasar, aunque sólo yo los vea, y ahora ustedes.

Han pasado dos días desde el mitin y Carmen se nota un tanto desmejorada. El doctor sigue con sus dudas, recetó medicamentos para bajar la temperatura pero no está conforme. Come sin apetito, canta a bajo volumen, se baña sola y es capaz de caminar hasta cinco minutos; también permanece sentada hasta media hora. Observa sus piernas velludas, ya que, como muchas serranas, no fue educada para afeitarse.

Lo único que la hizo montar en cólera, e incluso le subió la presión, fue enterarse de que los hombres del Carnicero saquearan su casa, rompieran cristales de las ventanas y estropearan todas las plantas del jardín de enfrente. Esos malnacidos. No les importó que las tres señoras que la apoyan los observaran con ojos desorbitados sin atreverse a intervenir. Antonio se arrepintió de contarle el suceso. Ahora quiere volver al barrio. La casa es herencia de sus abuelos y no va a permitir que la mancillen de nuevo. Por otro lado, el plan era quedarse sólo un par de días en el domicilio de Villalpando, que no resistió la tentación y ahora participa en un tour que recorre algunas ruinas afectadas por un tren de media noche a Georgia.

Tanto Néstor como Antonio se emplearon a fondo para contener a las dos mujeres que se pusieron fúricas. Choco mentó madres a Vega y a su descendencia. Carmen maldijo y luego se calmaron un poco.

Esa noche, alrededor de las nueve, después de sopesar pros y contras durante el día, Néstor del Valle toma una decisión importante. Pronto llamará a sus amigos, a sus compinches Aguijones. De momento, invita a Robles a dar una vuelta. Instruye a Choco para que sigan los protocolos de seguridad que hasta ese momento les han funcionado, no encender luces, no mover cortinas, no abrirle a nadie y no asomarse a la calle ni a la casa vecina. La ama de llaves de Villalpando se suma encantada. Les deja sus viejas pistolas.

Néstor, no me chingues, jamás he disparado.

Pues se las avientas.

Yo sí.

Revela el ama de llaves.

Están hermosas, y las conozco.

Del Valle sonríe. Aventura que volverán en menos de dos horas.

Nos traen tacos.

Me encargo.

Que agreguen suficiente salsa y guacamole. Ah, y también toallas sanitarias.

Los hombres se miran.

¿Qué?, nosotras menstruamos, por si no lo sabían, y ya se terminaron las que teníamos.

Antonio sabe que su mujer ama la carne asada, pero nunca le había encargado esas toallas. Ni hablar.

El jubilado habla con la asistente para encargarle que no reciba a nadie y tenga una pistola a la mano.

Don Néstor, si gusta, puedo preparar los tacos que las señoritas quieren; tenemos todo.

No se moleste, señora, les vamos a traer los mejores que encontremos.

Y no olviden las toallas. Son importantes.

Antonio lo observa, sonríe. Qué cosas, si yo nunca había comprado eso, creo que Néstor menos.

Trae tu celular.

¿A dónde vamos?

A la madriguera del lobo.

Antonio mira a Del Valle con la boca abierta.

Suena muy literario.

Lo es, y si sientes temor, puedes quedarte.

No, voy contigo, estudié Historia porque creo que la mayor parte de lo que aprendemos es un misterio. Eso me gusta.

Lo que vamos a hacer no tiene nada de misterioso, pero me agradará que no preguntes.

Cruzan la ciudad hasta una zona residencial de alto nivel. Se bajan dos cuadras antes de la mansión de Vega Fernández, frente a una tienda de vinos finos. Calles arboladas, sin baches, perfectamente iluminadas.

Al lado luce completamente atrayente un boscoso parque con lámparas encendidas. A unos cincuenta metros de la calle un grupo de jóvenes bebe y corea "Shake it Off", de Taylor Swift. Dos trabajadores del ayuntamiento recogen la basura del día y la depositan en un camión amarillo que está para el deshuesadero. Visten gruesas camisas anaranjadas y bromean. Los abordan. Néstor pone la pistola en el pecho del más viejo, que se queda frío. Le ordena.

Quítense las camisas y esperen aquí. Nos llevaremos el camión.

Quédense con él; a ver si el ayuntamiento nos compra uno nuevo. También con las camisas.

Nada, les regresaremos todo en veinte minutos; si no nos esperan, dense por muertos. Sus celulares, rápido.

Están en el tablero.

Antonio pasa del asombro a la acción. Néstor le indica que será el chofer y aunque sólo ha conducido un camión en su vida, comprende que no es momento de ponerse remilgoso. Inicia la marcha con lentitud. Poco a poco se tranquiliza, baja el volumen a la música ranchera del vehículo y se detiene frente a la residencia de Vega Fernández.

Se apean, se ponen una media en la cara, llaman a la puerta, dicen que vienen por la basura, les abre un tipo que no tiene tiempo de nada porque cae con un tiro entre los ojos. Beretta con silenciador. A Antonio se le seca la boca. Un rápido proyectil para la cámara de seguridad. Néstor no ha perdido precisión. Además, siente la adrenalina al cien. Irrumpen. Robles pasmado. Otro guarura los intercepta y corre la misma suerte. El historiador trata de controlar su miedo y el sentimiento que provocan las sorpresas violentas. ¿Quién es realmente el vecino de Carmen? Del Valle toma tres llaves electrónicas de la ropa del segundo cadáver. Debo encontrar más apellidos vegetales. Abre la puerta principal y con el arma en la mano indica que ingresen. Tengo muy pocos como para un libro de botánica sobre la historia de los apelativos. Vacío. Veré si ya anoté Avena. Sala cómoda con bar y luz leve. Néstor musita.

Toma las fotos que puedas con tu celular.

Les llegan expresiones de placer desde la segunda planta. Del Valle echa un ojo al jardín. Descubre a dos vigilantes sentados a diez metros de la ventana. Conversan, ríen, ignoran lo que ocurre en el interior. Señala la escalera alfombrada. Suben cuidadosamente. Ambos calzan tenis, el zapato mundial. Hay ciertos placeres que en silencio no son lo mismo. Sombras que se deslizan. Rápidamente invaden la recámara donde Usingalai y Vega Fernández se refocilan al máximo. Robles hace fotos de los cuerpos desnudos. El político reacciona.

¿Quiénes chingados son ustedes?

Silencio.

Se incorpora.

Usingalai sonríe. Le parece bien loco lo que está pasando. Le agrada, la estimula. Se aprieta un pecho.

Los que te vamos a dar en la madre si sigues chingando a la precandidata Larrañaga.

Néstor lo encañona. Vega Fernández sonríe irónico.

Qué *cool*, Carlos Charlie, me encanta.

Así que tú eres el cabrón que la cuida, ya vi el video y también algunas fotos, puedes quitarte la media; mira, viejo pendejo, a mí no me vas a amedrentar con tu pinche jueguito. Me la pelas, ¿te queda claro?

Clarísimo.

Le dispara al abdomen, más o menos donde hirieron a la sirena.

¡Cabrón! ¿Qué te pasa?

Empieza a sangrar. Usingalai con ojos brillantes, sin asustarse, moja un dedo y lo chupa.

Rico, Carlos Charlie, tu sangre es dulce, papito.

Tu hombre disparó dos veces; tú sabes si quieres el segundo, aunque yo no suelo fallar.

Mierda, la madre que te parió, cabrón.

Deja de hablar estupideces; estás herido y esas fotos harán las delicias de los votantes; así que piensa un momento y deja de decir tarugadas.

El político calla, comprende, le sobreviene una oleada de temor. Le duele la herida. Se pone pálido.

La hermosa joven continúa chupando sus dedos manchados. Completamente desnuda.

Con voz pausada.

De acuerdo, carcamal; si eres tan chingón, deberías saber que yo no ordené el atentado contra esa vieja puta.

Y tú deberías saber "que ya no hay río ni llanto".

La tuya en vinagre; pero tú eres otra cosa, vejestorio, acabas de sacarte la rifa de mis huevos, pinche ruco apestoso.

Y tú la de los míos, y quita la vigilancia de la casa de Carmen.

¡Hijo de la chingada, estás muerto, y también el pendejo que te acompaña!

Robles toma dos fotos.

Vega se queda quieto, aturdido.

Usingalai emite sonidos dulces, musicales, memetea una canción lenta.

Néstor y Antonio retroceden. Como aparecieron, se esfuman.

Uno piensa que tienen que pasar por los tacos, el otro por las toallas.

Lo que no saben es que el Carnicero acaba de llegar. Encuentra el primer cadáver y otea el segundo. Desenfunda. Con suma cautela abre la puerta de la mansión.

Del Valle percibe el movimiento en la entrada y, seguido de Robles, se mueve rápido. Pistola preparada. Se esconden detrás de la escalera. Respiran por la boca. Cuando vayan a San Francisco pongan flores en su pelo. Observan al recién llegado moverse desconfiado. Visiten el Valle de Napa. Vega Fernández se queja con poca fuerza. El Carnicero sube, toca la puerta de la habitación y entra. Néstor y Antonio se escurren hacia la puerta abierta y salen. Tacos. Toallas. Si Vega no ordenó el atentado, ¿entonces quién? ¿Quién mató a Palomino Molero? Tacos y buscar a mis amigos; ah, y toallas.

Diecinueve

A la mañana siguiente, el doctor Velasco, que atendió a Vega por la noche en su residencia, hace la curación de rutina. El político está recibiendo plasma y hay un tanque de oxígeno por si fuera necesario. Luce pálido. Desencajado, pero sus ojos expresan resentimiento. Me lleva la chingada.

Siempre has tenido suerte, amigo, la bala entró y salió sin dañar órganos importantes. Me queda claro que intervino tu ángel de la guarda o que el tirador no quiso matarte.

Puede que hayan sido ambas cosas.

Usingalai sonríe, sabe que no debe emitir ni media palabra y se instala en eso. Hablar no es su placer, de momento tampoco le resulta necesario. Lo suyo es soñar, nombrar lo desconocido y el sexo rico. Poca cosa. Viste con discreción. Pantalón morado ajustado y blusa oscura. Avisó a su madre que se quedaría con Vega Fernández porque lo habían herido. Laila no quiso reprenderla, pero le pidió que fuera a casa lo más pronto posible.

En un par de días estarás listo para reanudar tus actividades; y no olvides que todos tus amigos queremos ver que sigues en el Congreso.

Gracias, doc, tendré eso en mi memoria.

Estamos seguros de que lograrás más votos que tu competidora.

Por supuesto, y por el método que sea.

Sonríe desganado.

Claro, no me olvido de que has aprendido suficiente en tu paso por diversos partidos.

Carlos Charlie, el bello.

Es una ciencia y allí estaban los mejores maestros, muchos de esos decanos se vinieron con nosotros, y no les falta trabajo.

Lo sé, en el control de votaciones, o en sus famosas consultas para que el pueblo sabio decida.

La política es cosa seria, doctor, y es muy demandante.

Cierto, y tú, por lo pronto, cuídate, no hagas esfuerzos.

Expresa con una sonrisa, señalando discretamente a la chica.

Vega Fernández sonríe también.

A las doce, el político recibe una llamada de un número desconocido. Ya se comunicaron Camarena y Pandora, que le desearon pronto alivio. Incluso la mujer mencionó que estaban planeando un mitin. Dos amigas también le desearon pronta recuperación. La marquesa Theron quiso hacerse presente pero le pidió esperar. En ese instante, el Carnicero está a cargo de la seguridad de la residencia. Más vale prevenir. El número que refleja la pantalla es de otra ciudad. Sin embargo, responde.

Buenos días.

¿Cómo va esa herida?

¿Con quién tengo el gusto?

Nadie importante, soy un simple mensajero.

Ah, vaya, usted dirá, la herida está curándose.

Lo que digo, yerba mala nunca muere.

Eso espero.

Oye, hay al menos cuatro personas que quieren saber cómo va el asunto de Larrañaga. Les han dicho que se salió de control y se han puesto inquietos, por decir lo menos. Solicitan un informe tuyo. De momento, detuvieron la entrega de los dos millones de dólares que te prometieron, aunque no está cancelada. Encárgate personalmente. ¿Te queda claro? Debes enviarlo antes de veinticuatro horas al WhatsApp de este número.

Muy claro, señor, y no se preocupe, sus indicaciones serán cumplidas al pie de la letra.

Corta.

Vega Fernández reflexiona. ¿Por qué le piden informes si nada tuvo que ver? El indicador de presión sube a 156. Quiere decir que muchos piensan que estoy detrás del atentado. Pinche vieja, tengo que quitármela de encima. Usingalai, rápidamente, le da la pastilla indicada, que se debe poner debajo de la lengua, lo acaricia y le limpia el sudor de la frente. Memetea una canción suave, tranquilizante. Poco a poco el político se restablece. Oh, Dios. Reconoce que esa llamada le acaba de soltar una manada de tigres hambrientos. Mierda. Que no se me olvide que soy "El Bueno". Aunque buscara a la prensa, como aconseja Laila, y expresara que nada tengo que ver, no creo que sirva en lo más mínimo. Es un asunto demasiado sucio; seguramente quien lo planeó algo trae contra mí y se está divirtiendo.

Veinte minutos después le pide a Usingalai que llame al Carnicero.

El sicario llega rápido.

Oye, ¿de dónde es Carmen Larrañaga?

Del Naranjal, en la sierra Colorada.

¿Ese lugar qué tan lejos está de donde vive el Señor de la Sierra?

Tal vez a ocho kilómetros de cerros.

Bien, no te pases por el arco del triunfo lo que te ordené. Nada contra ella. Esto se está revolviendo más de la cuenta.

Pero, jefe, esa pinche vieja es la causa de que usted esté así, ¿cómo la vamos a dejar sin que sienta el rigor? Quiero darle cuando menos un sopapo.

¡Es una orden, Carnicero, ni se te ocurra desobedecerme! ¿No te das cuenta? Alguien quiere chingarme y Carmen es el señuelo. Urge que averigües quién la mandó matar; ahora creo que sólo le pidieron al Cacho que la hiriera.

Hay unos segundos de silencio. La cara del sicario cambia dos veces de color.

Caray, es más complicado de lo que pensaba.

Haz lo que te ordeno, chingada madre; si no, vamos a valer verga. Puedes retirarte.

Minutos después entra Usingalai.

El doctor especifica que debes descansar; entré para decirte que hablé con mi mamá, insiste en que te cuides, que recuerdes lo que te dijo.

La chica se acerca a la cama y comienza a jugar con sus manos.

También quiero que se alivie éste.

Preciosa, eres insaciable.

Pero sólo contigo, Carlos Charlie, y la verdad es algo que no consigo entender. Me encanta hacerlo contigo.

Sonríe coqueta mientras continúa recorriendo la piel con el dedo índice.

Mi mamá también me contó que la gente de Carmen Larrañaga está convocando a un mitin para mañana en la tarde; anuncian que estará presente.

Vega Fernández queda pensativo. Cierra los ojos. ¿Hasta dónde podría llegar sin los apoyos de sus protectores? Trata de enfriar su cabeza y reflexionar en eso. No es poca cosa. En política nada es poca cosa. ¿Cuántos recursos tiene el partido? Preguntaré a Pandora.

Usingalai lo besa levemente, apaga la luz y abandona la habitación en silencio, aunque su negra mirada detecta el preludio de un grito tipo Munch.

Veinte

En su casa, en su habitación. Un espacio normal con una cama pequeña, clósets con poca ropa perfectamente acomodada y libreros llenos. Toma nuevamente la pequeña libreta de nombres de otros tiempos. La acaricia. Aparte de los números del museo, anotó los de su pandilla, aunque nunca les marcó. Fueron sus compañeros en los campos de adiestramiento y en una docena de divertidos almuerzos. Encuentra a Marciano, que era el cabecilla, a Chingaquedito, al Gorila, a Lombriz Parada, a Bigote con Patas y al Pocos Pelos. En ese tiempo no entrenaban mujeres. El primer número es de Marciano y el segundo de Bigote con Patas. Le marca al primero.

Responde una mujer. Pide hablar con Marciano. Se identifica con su apodo. Ella lo saluda con amabilidad. Es la esposa.

Pinche Brocha Gorda, cabrón de mierda, no te vas a morir nunca, ayer hablé con Chingaquedito y con Bigote con Patas y nos acordamos de ti, de todos pero más de ti, que te perdiste como si te hubiera tragado la tierra, pinche Pintor de Brocha Gorda, eres un pinche culero, como si no hubiéramos sido buenos compas.

Me interesa saber si gozan de cabal salud.

Cabrón, ¿para eso llamaste? Estás bien pendejo. Te comportaste como si nos hubiéramos muerto.

Está bien, Marciano, antes de que me sigas regañando, dime cómo estás, cómo te tratan las enfermedades.

A mí las enfermedades me la pelan, cabrón, ya sabes, igual que siempre, y una cosa, a todos se los llevó la chingada, a unos por padecimientos y a la mayoría balaceados; sólo quedamos cuatro, y eso porque te acabo de agregar, que si no, seguirías en la lista de los que se los llevó la chingada. Pinche Brocha Gorda, eres un cabrón, mal amigo y un hijo de la chingada, ¿y dónde vives? Porque yo sigo en la misma ciudad y con la misma gente, como decía el Divo de Juárez, que también colgó los tenis.

Regresé a terreno, Marciano.

No me digas, ¿a ese pinche pueblo gacho? Siempre supe que eras un maldito romántico. Seguramente ahora sí te gusta el pollo.

Solamente las alas.

Pues me da un chingo de gusto tu llamada y saber que estás vivo, ¿te volviste a amarrar?

No.

Fiel a ti mismo, recuerdo que no te gustaba el rol cuando nos íbamos de pedos y había mujeres de por medio.

También me da gusto encontrarte con tanta energía, y tan marciano como siempre.

¿A poco llamaste para echarme flores? Si eres bien cabrón y, que yo sepa, no eres meloso. A ver, ¿qué pedo?

Estoy metido en una bronca gruesa y quiero saber si todavía les gusta divertirse.

A mí me encanta, es bueno quitarse el pinche polvo de vez en cuando, y aquellos cabrones igual, Bigote con Patas sigue igual de hijo de la chingada y Chingaquedito paga por practicar el tiro al blanco con sentido social. Luego se sube a los camiones a chingarse asaltantes, si se ofrece.

Pues acá podrá practicarlo con gusto.

¿Y cuál es la bronca?

Me gustaría ponerlos al tanto cuando estemos juntos.

Déjate de pendejadas, Brocha Gorda, suelta de una vez y así nos vamos haciendo a la idea de cómo debemos proceder.

Soy guardaespaldas de una chica que quiere ser diputada y el asunto se ha tornado negro, todo parece indicar que, además de los matones que custodian al político contra el que compite, hay alguien que la quiere muerta.

¿Tanto así? Como nunca quisiste integrarte a nuestro grupo, pensé que no te gustaban las emociones fuertes.

No es que me gusten, lo que pasa es que la chica es mi vecina y ya la golpearon y le metieron dos tiros en la barriga de los que se salvó de milagro.

Quiere decir que el que disparó no es de los nuestros, ya ves que jamás fallamos, ¿cuánto dinero hay?

Nada, sólo que si gana la joven impulsará leyes de protección a las mujeres.

¿Y eso a nosotros qué?

Me parece que es necesario que se las proteja; al presidente le importan un pito los asesinatos de mujeres y a los de su partido igual, y creo que nosotros podemos ayudar.

Pinche Brocha Gorda, ahora sí me saliste bien cabrón, pareces Carmelita Descalza.

Nada de eso, lo que pasa es que comprendí que es mejor hacer algo por una causa justa que no hacer nada, y como ustedes son hombres que nunca agredieron a mujeres pensé que podrían echarme un cable en este asunto.

¿Contra sicarios misteriosos? Te falta un tornillo, pinche Pintor de Brocha Gorda; pero mira, cabrón, voy a llamarle a Bigote con Patas, si ese malparido está puesto para que se lo cargue la chingada, le llamo a Chingaquedito, que es más aventado, y si dicen que sí, te caemos en ese pinche pueblo rascuache que sólo tiene dos estaciones; si no, chupaste faros, cabrón.

Se despiden. Néstor del Valle intuye que no lo dejarán colgado de la brocha.

El mitin se realiza en el atrio de la catedral de la ciudad, sitio emblemático donde la mayoría de los políticos en campaña ofrecen sus discursos. Choco piensa que la cantidad de asistentes supera las doscientas mujeres y dos docenas de varones. Cuatro de ellas han tomado la palabra. Guille Franco, la de las colonias, pide seguridad en los barrios y apoyo para las madres solteras con guarderías y escuelas de tiempo completo, grita que es un soporte que ningún gobierno democrático debe negar, sobre todo cuando las mujeres, verdad de Dios, siguen ganando menos que los hombres; exige castigo para los malditos violadores, esos desgraciados malparidos, asesinos. Rocío Ochoa, líder de las vendedoras ambulantes, solicita respeto para el trabajo de su gremio y que termine el acoso de los inspectores de Hacienda, que no sólo quieren dinero, quieren las nalgas; no tendrían inconvenientes en pagar impuestos, siempre y cuando sean justos; agrega que sus pequeños negocios, calificados de informales, sostienen a cientos de familias y no se pueden comparar con las grandes tiendas; añade que no tienen por qué pagar derecho de piso. Cissy, cabecilla de las sexoservidoras, solicita protección en las calles, servicios médicos efectivos, apoyo para la educación de sus hijos y castigo a los malditos extorsionadores, que parece que no tienen madres. Son una plaga que nos explota y el gobierno como si nada, pobre de la que haga una denuncia. La Rusa les recuerda que hay muchas viudas de policías en la miseria que necesitan respaldo para sobrevivir con sus hijos. Las cuatro son aplaudidas.

Reciben a Carmen con estruendosas manifestaciones de adhesión. La sirena, con muletas y menos pálida por la temperatura que no cede, les dice que está convencida de que para lograr lo que pretenden estos sectores tan lastimados de la población será una voz fuerte en el Congreso y nada ni nadie le tapará la boca. Gritos, aplausos. Si la quieren matar, que disparen esos malditos, pero ella no cejará hasta que se generen leyes que realmente protejan a las mujeres, leyes que metan miedo a los agresores, leyes que obliguen a los tres niveles de gobierno a cumplir con su deber, atender a la población más vulnerable, grupo en el que desgraciadamente se encuentran miles de mujeres. Fui golpeada por un sicario, luego intentaron matarme, acto que algunas de ustedes atestiguaron, después saquearon mi casa. Quieren atemorizarme, quieren que el miedo me paralice, queridas amigas y amigos, no lo conseguirán, ¡entérense, cabrones! Aplausos, silbidos, gestos de aprobación. Cada ofensa que recibo, cada puerta que me cierran, me fortalece, me fortalece porque son todas ustedes, y las que no pudieron venir por estar en su trabajo o cuidando a sus niños pequeños, las que me dan energías para seguir adelante, ¡y no nos vencerán, queridas amigas y amigos! Gritos. No ignoro que tienen el poder y que lo manejan sin medida a su favor, pues que lo hagan, nosotras tenemos una lucha por delante por nuestros derechos y no nos vencerán. ¡Lleven eso en su mente cuando vayan a votar!

Mientras la sirena seduce con su canto a las presentes, el jubilado se desliza vigilante muy cerca de la oradora. Antonio se ha sumado a la labor, lo mismo que Choco, que más que mirar a Carmen observa a cada una de las asistentes. Si alguna se mueve de lugar, Yturralde la detecta y no le quita los ojos de encima. La hija del senador se mantiene en segundo plano pero también resguarda a su amiga. Sus dos guardaespaldas hacen un trabajo similar. Se desplazan en movimiento circular, Néstor los detecta rápidamente y les hace un saludo. Uno de ellos responde y señala a la hija del senador.

El jubilado hace un discreto gesto afirmativo. Oscurece despacio.

Laila Comondú, mirada intensa, vestida de blanco, lo contempla con audacia. Del Valle siente aquel dardo, se vuelve discretamente y ella le hace una venia. El jubilado inclina su cabeza en señal de respeto. Algo percibe la mujer en su personalidad; comprende que es una pieza importante en lo que está pasando en ese momento. Néstor se aleja. La sirena ha concluido su discurso entre aplausos atronadores y deben sacarla de allí, hace una seña a Antonio para que se acerque al estrado. Los hombres de la hija del senador comprenden y toman posiciones. Un grupo de mujeres contribuye a que su lideresa, en sus muletas, se retire sin contratiempos. Choco acompaña a Carmen. Salen del tumulto. La hija del senador se acerca a saludar.

¿Cómo va esa herida?

Parece que requiere más atención; amiga, gracias.

Na, dice mi papá que todo irá mejor, pero que no te descuides.

Dile que agradezco sus palabras y que vamos con todo.

Como debe ser; oye, nos mantendremos cerca; la vez pasada conseguimos detener a los que te perseguían, esperemos que esta vez puedas regresar directamente a tu casa.

Yo también.

En cuanto se retira la joven, se acerca Camarena, sonríe como si nada.

¿Y tú, qué pedo?

Lo detiene Choco.

Sólo quiero felicitar a la candidata independiente.

Larrañaga escucha.

Gracias, Camarena.

Oye, de verdad estuviste increíble, ¿podríamos platicar?

¿Contigo? Ni en el infierno.

Choco hace un gesto afirmativo. Néstor vigila sin distraerse. A pocos metros, Pandora espera a su líder flanqueada por los guardaespaldas. Es ligeramente gruesa de cuerpo pero conserva sus formas. Su pelo es rubio con rayos y luce atractiva.

Ocurre que hemos reconsiderado tu candidatura en lugar de tu competidor.

Carmen escucha con reserva, mueve su cabeza desaprobando, siente náuseas. Choco ríe con ironía.

¿Sabes qué, Camarena?, métete tu propuesta por el culo y ábrete, cabrón, que no estamos para perder tiempo contigo, pinche líder de pacotilla.

La sirena se mantiene impenetrable. Experimenta cómo el cansancio está entrando en su organismo. Se siente enferma.

El hombre queda boquiabierto. Su perfume se evapora.

Buenas noches, señor Camarena, ya escuchó a mi jefa de campaña.

Los guaruras del líder se aproximan con actitudes felonas, pero los de la hija del senador se atraviesan con las manos en sus armas y caras de aquí nos morimos todos, culebras.

Las guerras de nadie son las peores.

Afortunadamente no pasa a mayores. Néstor advierte sus movimientos y se apresura a sacar a la sirena hacia atrás de la catedral. La semioscuridad es peligrosa. Observa la estatua de Maquío, que les hace gestos de aprobación.

Un hombre de aspecto zorruno se acerca a Choco.

¿Puedo hablar contigo?

Hola, Perro Viejo, ¿qué onda, ya estás marcando boletas?

Nada de eso, hace años que me abrí de esa chamba.

Difícil de creer.

Lo sé y no pienso hacerlo de nuevo.

Vaya, vaya, si son ciertas tus palabras, el partido oficial acaba de perder a su mejor alfil.

No te engaño, pero sé cómo se hace, y para evitar que le hagan trampa a tu candidata quiero estar cerca de ustedes.

Choco observa a su interlocutor, el hombre más hábil en el cambio de boletas electorales para favorecer a un candidato.

¡No te quedes!

La llama Antonio.

Estás cabrón, Perro Viejo, ¿por qué habría de creerte?

Escuché a Carmen.

Hace una pausa.

Mi hija menor se suicidó hace seis años porque la violaron.

Choco lo observa de nuevo.

Cae por la casa de Carmen, está en la calle Sergio Ortega en la colonia José Agustín.

Sé dónde vive, allí te busco.

Megan G y Dashiella H, hermosas y vestidas una con vestido y otra de traje sastre, besan a Carmen en la mejilla y le recuerdan que puede contar con ellas para lo que sea.

Minutos después viajan en una camioneta rentada. Detrás, por un par de kilómetros, los sigue la gente de la amiga. La candidata viaja con los ojos cerrados.

Mientras vive un minuto adelante, Néstor recuerda a Nyomi, su sonrisa breve, sus ojos negros, seguro de que hubiera aprobado su proceder. Es alentador tener la aprobación de los que se fueron.

Veintiuno

Dos días después, Vega Fernández está listo para iniciar su campaña. Soy "El Bueno". Continúa pálido y su voz no es tan potente como es usual. El Carnicero lo acompaña.

Jefe, disculpe, no puedo creer que no hagamos lo que siempre hacemos.

No cuestiones mis órdenes, y ahueca el ala, que estoy cansado.

El pistolero se retira.

Lo observa cerrar la puerta. Nunca le dio detalles sobre el viejo y su acompañante que lo atacaron en su propia recámara. Increíble. ¿Qué clase de seguridad lo protegía? Como también le resultaba inaudita la llamada de un mensajero, ¿sería un pelagatos? Ordenándole enviar un informe sobre esa perra desgraciada a un celular que tres segundos después estaba muerto. Mataron a sus guaruras, supuestamente los más seguros. Luego lo que le contó Laila por teléfono, acerca del éxito del mitin en catedral y el poder de la joven candidata. ¿Qué iba a pasar, lo iban a joder o le permitirían continuar? Camarena no tomó su llamada y Pandora, una mujer con la que pasó varias noches locas, le pide paciencia. Desde luego que no sabe del mensajero ni del informe, donde tuvo que admitir que algunas cosas no funcionaban, que nada tenía que ver con el atentado y que la candidata contaba con una seguridad de primera. Por supuesto que no le han hecho llegar los millones. ¿Por qué no ha llamado Charlize? No quiero pensar en ello, pero algunas cosas se están torciendo.

Seguir en el Congreso se ha convertido en una cuesta muy empinada y, aunque continúa firme, sabe que sin ciertos financiamientos no la tendrá fácil, además, Camarena sigue sin reportarse, ¿le estará dando la espalda? Que ni se le ocurra al hijo de la chingada porque le mando al Carnicero a que cuando menos le borre su pinche sonrisa de actor de telenovela por un tiempo. Pinche líder comemierda.

Carmen ocupa ahora su casa. Magui, Chita, la Comadre y Choco ordenaron todo. También llevaron a alguien que colocara los cristales rotos de las ventanas. Está contenta pero no se deja deslumbrar. Todos los días recibe muestras de apoyo y algunas donaciones que Néstor del Valle inspecciona meticulosamente. Es un guardaespaldas que no confía en la calma, incluso la teme un poco; su experiencia es que nunca hay calma y, si hay, desde luego más temprano que tarde se manifestará la tormenta, y en este caso a él le toca evitar que afecte a la precandidata. Menuda responsabilidad.

Ahora se queda todo el tiempo en casa de la sirena. Ya le tomó cariño, siente que es como la hija que Nyomi y él no tuvieron. Ella no pinta con su sangre, pero también intenta hacer algo por su gremio. Antonio está contento y ha cumplido su palabra de no hacer preguntas. Del Valle comentó con Carmen que Vega aseveró que nada tuvo que ver con el atentado, y la invitó a pensar en su pasado profundo, ése que se entierra y que, cuando aparece, es como si se hubiera alimentado largamente. Más si es rencor. Claro, sin dejar de considerar que Vega estuviera mintiendo.

Las señoras cuentan a Choco delante de Guille Franco acerca de la periodista que las entrevistó.

Era muy guapa, frondosa, morena de ojos claros, muy simpática. Le contamos todo lo que sabemos de Carmencita.

Guille siente un escozor pero guarda silencio.

¿También la parte de la sierra?

Claro, la impresionó.

¿Recuerdan el nombre del periódico para el que trabaja?

No estoy segura, mencionó algo de cáncer.

Si alguna cosa nos falla a nosotras es la memoria.

Interviene la Comadre.

Tal vez *El Sol con Cáncer*.

Lo bueno es que les preguntó a ustedes, que quieren tanto a Carmen.

Eso sí.

Un jueves por la mañana, Carmen Larrañaga Félix se registra como candidata independiente, inscribe como suplente a su abuela, que no es aceptada porque ha fallecido. Es un éxito. Los del partido oficial se inquietan, comprenden que con Vega

Fernández como candidato no la tendrán fácil. Camarena, que recibió una llamada muy ofensiva y una amenaza de su candidato, no está seguro de qué camino seguir. El líder nacional le dejó claro que no se asustara, que metiera toda la carne al asador y lo demás se lo dejara al equipo para en casos de catástrofes, es decir, los que arreglaban todo. ¿Todo? No lo comentó pero sabía que no sería tan fácil, sobre todo con Perro Viejo apoyando a las mujeres.

El caso es que tengo muy poca carne, señor.

Pues consigue. Somos el partido del presidente, hay que darles en su madre a esos pinches conservadores, neoliberales, fifís hijos de su puta madre. Abre los ojos, Camarena, todos los días el presidente da clases de cómo tratar a esas alimañas, enemigos del pueblo, corruptos que hablan ahora, pero que en los regímenes pasados jamás abrieron la boca. ¿Entiendes? Clávate en sus conferencias, son verdaderas clases de cómo manejar casos que parecen perdidos, y no olvides mencionar los programas de bienvivir, que son votos seguros.

Me queda claro, señor.

Sí. Le quedaba claro que estaba metido en un brete; además, ¿de qué informe hablaba Vega Fernández?, ¿quiénes los solicitaban? Era la primera vez que ocurría algo así, esperaba no atizar la hoguera, que ya era demasiado grande.

Al anochecer hay tranquilidad; desde una ventana, Choco identifica al Carnicero, que circula en un auto blanco por la Sergio Ortega. Lo comunica al jubilado, que no se inmuta, le pide que no se inquiete, que sólo se mantenga atenta a los movimientos de Carmen. Sin embargo, está preocupado. La temperatura no cede ni con las toallas frías que las señoras le ponen en el cuerpo. Ha conversado con ella y cada vez comprende más por qué debe ser prudente. Piensa que los contrarios se han tardado, ¿por qué? Los esperó en el mitin y en el registro de la candidata; ¿acaso escarmentó Vega Fernández? Lo duda y lo va a seguir dudando; Néstor del Valle no come fuego; no cree que el político haya cambiado, ¿intervino el líder del partido? Y si no fue el partido, ¿quién o quiénes? Pregunta a Antonio Robles sobre el senador y le informa que tiene poder, pero no tanto como para detener a un hombre como Vega Fernández, que, según especulaciones, mantiene relaciones serias con el Cártel de la Sierra. Una organización bien posicionada, cuyos capos jamás se dejan ver.

¿Tienes una idea de quiénes son esos señores?

Ninguna, se sabe que son serranos de corazón frío, que tienen años trabajando y que apoyan a políticos a cambio de que les permitan hacer su negocio. El arte de hacerse de la vista gorda no es nuevo, ni exclusivo de un país, está en la política desde que hay gobiernos.

Suena fuerte; Carmen podría saber del cártel porque es serrana.

Es verdad. Sé que no le gusta tratar el tema, tal vez si le preguntas te suelte algo. Mi mujer dice que si consiguen una prueba la van a manejar.

Dile que no, nos echaríamos una fuerza muy poderosa encima; no olvides que tenemos las fotos, y publicadas en el momento oportuno pueden ser una bomba. Tendríamos que cubrir el rostro de la chica.

Cierto, me impresionó su reacción, sobre todo por la manera en que chupaba la sangre de Vega; oye, tengo otro apellido vegetal: Leñero.

Espero que escribas un libro sobre eso.

Yo también; por cierto, no te he visto leer.

En este momento, Carmen es prioridad. Cada día veo menos claro las opciones; me cuesta reconocer que sólo tenemos un camino, el de la confrontación directa.

Entiendo, y ya les diste su probadita; ahora mismo ella y mi mujer están planeando la campaña.

Ya sabremos qué decidieron, y lo que debemos hacer para ser efectivos en la seguridad.

Guardan silencio. El auto blanco en que se mueven el Carnicero y su subordinado silencioso está pasando frente a la vivienda.

Del Valle intuye que pudieran realizar alguna acción contra la casa, que ahora es el campamento. Algunas mujeres hacen guardia desde dos tiendas en el jardín, al lado de la bugambilia en flor.

¿Por qué cambiaron de vehículo? Lo que no saben es que el infierno está por cambiar de domicilio.

En el auto, el Carnicero no sabe qué pensar, ¿qué hace allí? El jefe abandonó ese frente, así que más vale que no vuelva por el lugar. En la esquina se pierden.

Una camioneta oscura, doble cabina, con llantas anchas, se estaciona suavemente frente a la casa de Néstor del Valle. ¿Y ahora? El jubilado observa. ¿Serán? Antonio lo siente en el estómago. Sale al jardín de la casa de Carmen. De la troca bajan tres hombres altos, fuertes, paso seguro, cuyos rostros no se ven claros, pero que ya lo ubicaron.

¿Qué pedo, pinche Brocha Gorda?

Veintidós

La mañana es tranquila. Abril es un mes de transición y de reforzar intenciones para enfrentar el año. Con suerte la primavera hace más bella la ciudad. Es sorprendente, reflexiona Vega Fernández. Sin embargo, es la verdad, los cabrones no podemos andar como si no pasara nada. El mundo no puede moverse sin nosotros. Un mundo sin cabrones jamás podría existir. Sería inconcebible, como "Un mundo sin amor" de Los Beatles. ¿Por qué no ha llamado el mensajero, pasó algo grave? Pinche culero, ¿y el dinero? Necesito ese recurso para repartir entre los líderes y para esa casa que me gusta en playa Dromedario. ¿Me llevaría a Usingalai? Claro que no, necesito una mujer de mi nivel, que tenga dinero, no importa que no sea lo tremenda que es ella en la cama. Esa morena podría matarme. Aunque dicen que es una muerte feliz, no la quiero. Además, podría seguir conmigo, no importa que su madre se oponga. La marquesa ya me cansó, se amarró con un pusilánime, un cabrón anodino; no sé por qué las mujeres que se casan con pendejos generalmente terminan igual o peor que ellos. Y esa sombra que Laila no distinguió todavía no aparece. Tengo que pensar. La pinche vieja ya se registró, así que ahora me toca hacer ruido. Debo ponerme listo. Me siento fuerte, la herida está cerrada. ¿Quiénes del partido harán mi propaganda? Ayer hablé con Camarena y no lo noté tan entusiasta como al principio, sobre todo cuando se enteró de que no tendremos los dos millones de dólares de los que le tocaba una buena tajada. Estamos bien cabrones, todos los días damos una mordida al país. Al presidente se le llena la boca diciendo que no somos iguales y yo estoy de acuerdo, somos más cabrones.

Vega Fernández está sentado frente a la ventana. La habitación es grande. Mira el alto muro que rodea su casa, los árboles que no lo rebasan. El Carnicero comisionó a nuevos guaruras. Los anteriores desaparecieron. Se abre la puerta. Usingalai lo abraza con ternura. Su cuerpo es cálido. Como siempre. Viste un breve short azul y una blusa blanca, sin ropa interior. Piernas largas, fuertes y hermosas. Huele a hierbas.

¿Cómo haces, Carlos Charlie?

Le besa la cabeza, de pelo lacio y bien cortado.

¿Por qué la pregunta?

¿Cómo haces para ser tan bello?, y mira esto.

Lo acaricia sobre la piyama.

Ay, Usin, eres fabulosa.

Me pones, Carlos Charlie; pero no te alborotes, tienes visita, el Carnicero recibió a una persona y espera en la sala.

¿Quién es?

No lo sé, escuché algo del Cártel del Sur.

Mierda.

Vega Fernández mira los ojos negros de la chica.

¿Segura?

Sí, el Carnicero pregunta si puedes bajar.

Bien, ayúdame a vestirme. Lo recibiré en la sala de arriba.

Se siente bien pero no desea ir al primer piso. Aparte de los medicamentos del doctor, que lo visita todos los días, Usingalai le ha aplicado hierbas maceradas con las que se curan los guaycuras, que su madre le enseñó. Laila no ha llamado, evidentemente está molesta.

Diez minutos después, Vega Fernández tiene ante sí a un hombre moreno, gordo, mirada de asesino y que transpira incesantemente. Cabello de puerco espín.

Buenos días, señor, ¿con quién tengo el gusto?

Vega Fernández sonríe afable.

Soy el Siete, como debes saber, perdimos al Uno, al Dos, al Tres y el Cuatro está mal herido; quieren acabar con los sureños pero se la van a pelar.

Algo escuché.

El caso es que el Seis y yo pensamos que podrías hacer algo por nosotros, si nosotros hacemos algo por ti, ¿con cuánto te falló el sierreño, ese viejo cara de mis huevos?

Señor Siete, es un gusto conocerlo, mis condolencias por esas pérdidas tan notables.

El gordo hace un gesto afirmativo.

Veo que las noticias corren veloces; ¿y qué están pensando?, ¿qué podría hacer este humilde servidor por ustedes?

Impedir que nos sigan chingando; mira, lo nuestro es el fentanilo, pero lo que tenemos que soltar para recibir los insumos para fabricarlo y sacarlo al mercado es un madral, así que preferimos arreglarnos con una persona, que serías tú, en vez de andar regando dinero a lo pendejo. Si se debe repartir, tú sabrás a quién.

Suena interesante, ¿quién les está metiendo el pie?

No quieras saberlo, cuando menos no ahora; dime si te interesa, si estás dispuesto a servirnos de emisario con algunos cabrones que no tienen llenadera y de cuánto dinero estamos hablando. Ya te dije que estamos dispuestos a darte lo que el serreño te negó. Pinche viejo ñengo.

Nos prometió dos millones de dólares al principio y dos al final de la campaña, cuando además de votos hay que comprar voluntades.

Más claro ni el agua.

Bien, creo que podemos arreglarnos, supongo que el dinero debe ser en efectivo.

Es lo mejor.

Ahora dígame a quién debo convencer.

En primer lugar, al cabrón que dirige tu partido, ese güey nos ha esquilmado a lo pendejo y es hora que no tenemos ningún beneficio. Es un hijo de la chingada.

Entiendo, ¿y en segundo?

Ése te lo digo cuando hayas puesto en su lugar al primero, no vaya a ser que te indigestes.

Expresa el Siete muy serio. Lo mira directo con sus ojos criminales. Vega Fernández experimenta una sensación de soledad. Recuerda a su madre.

Supongo que no puedo pensarlo.

¿Para qué? Tú tienes una necesidad urgente y nosotros también; si el pinche viejo patas chuecas se pone picudo nos avisas; tenemos algunas cuentas con él que podríamos saldar de una vez por todas. Pinche viejo relingo, está robando oxígeno.

Lo tendré en cuenta.

¿Y se puede saber por qué te descobijó?

Vega mira hacia todos lados, como si hubiera alguien espiando. Se aproxima al visitante. Murmura.

Asunto de viejas.

Lo que dije, ese desgraciado es un cabrón. A lo mejor ni se le para, sólo por estar chingando.

Vega hace un gesto afirmativo.

Pero aquí estamos nosotros dispuestos a tenderte la mano.

Gracias.

Una cosa debes tener clara, dando y dando.

Se ponen de pie, se despiden con un apretón de manos.

Vega Fernández permanece unos momentos aturdido, empieza a comprender el compromiso en que acaba de meterse. En la madre. El Siete baja la escalera. Abajo esperan sus dos guardaespaldas. El Carnicero los acompaña hasta la salida, que está fuertemente reforzada. Tal vez el mensajero es de estos batos, y yo de pendejo que le solté todo.

En su casa, Carmen Larrañaga, que tiene alta temperatura, y Choco Yturralde han trazado un plan sencillo, que esperan funcione correctamente. Empezarán en los dominios de Guille Franco. Tienen claro que es de transición. Entra la Rusa.

Choco, una señorita quiere hablar con ustedes, dice que es parte de un grupo de empresarias que desean apoyar la candidatura.

Carmen, voy a platicar con la persona, tal vez es de alto pedigrí; si sus intenciones son buenas, la traigo para conversar con ella.

Dos minutos después, la señora Flor Almada, dueña de tres tiendas departamentales, y Carmen Larrañaga estrechan sus manos. Es delgada, de gimnasio, blanca, cabello rubio y viste con elegancia. Quizá cuarenta años. Perfume dulce.

Seré breve, señorita Larrañaga, me da gusto conocerla.

Igualmente, señora.

Soy parte de un grupo de empresarias de la ciudad, hemos escuchado sus propuestas sobre la urgencia de establecer leyes que respalden a las mujeres y queremos aportar dinero para su campaña. Sabemos que es legal, sobre todo porque usted es candidata independiente.

Agradezco su gesto y el de sus compañeras, con el corazón.

No tiene que, entendemos que sus ideas impulsarán derechos humanos tan convenientes para conseguir, al menos, unos momentos de felicidad.

Me gusta lo que expresa; hay un sector de mujeres que piensan en sí mismas desde la autodepredación, porque jamás se han sentido protegidas, porque siempre han sido víctimas.

Es correcto lo que señala; ahora, si me proporciona una cuenta, mañana mismo le haremos una transferencia.

Choco se apresura a cumplir la solicitud.

Perfecto, ahora me voy; tengo dos hijas que se duermen hasta que llego, y cuídese mucho.

Muchas gracias, señora Almada.

La visitante sale dejando su aroma a Chanel. Choco y Carmen sólo dan rienda suelta a su regocijo cuando escuchan un auto que se aleja.

El doctor Zazueta entra con su viejo maletín. Se nota cansado pero le interesa la paciente. Saluda, pregunta cosas de rutina y sólo de ver a Carmen sabe que la infección se ha extendido. El termómetro marca 38 grados.

Carmen, la infección no cede con los medicamentos, urge hospitalizarla y abrir la herida. No hay opción.

Maldito cornetero.

La sirena abate la cabeza, ve un reloj de Dalí.

Doctor, la verdad no me siento al cien, sólo permítame iniciar la campaña y me pongo en sus manos; espero que no sea un hospital muy caro.

De eso no se preocupe, varios médicos simpatizamos con su causa y es el momento de demostrarlo. Serán doctoras las que la atiendan.

Disculpe, ¿tardará mucho en recuperarse? Como puede ver, estamos a punto de empezar la parte fuerte de la campaña.

Lo único que le garantizo es que la vamos a salvar, que haga un mitin y después la hospitalizamos. Es urgente. Por favor, avise a Néstor.

Choco se queda sin palabras. Mierda. Piensa que encontrará la manera de mantener a Carmen visible. Como dijo el ingeniero Cárdenas, aquí no se raja nadie; y como diría la Guille, verdad de Dios.

Veintitrés

En casa de Néstor. Comida, bebida y larga conversación.

Néstor del Valle cuenta. Sus amigos, todos mayores de setenta años, escuchan. Los pone al tanto, desde el atentado hasta el presente.

Vaya que te has divertido, Brocha Gorda.

Por eso los busqué.

No encontraste otros más pendejos que nosotros para venir desde la quinta chingada a echarte una mano.

¿Echar la mano? Esto es echar del pie hasta la cabeza, Marciano, no te quedes corto. Pinche Brocha Gorda.

Marciano es el mayor, sólo peina canas, su rostro es duro y su mirada firme. Mide uno ochenta de estatura y únicamente Bigote con Patas, que usa corte a cepillo, es más alto que él con uno ochenta y dos.

A mí me vale madre, estaré encantado de bajarle los humos a esos cabrones, ustedes saben qué es lo que me gusta en esta vida.

Eso de enfrentar sombras no me emociona.

A mí tampoco.

A mí me vale madre; esos güeyes también se mueren.

Chingaquedito, vestido de negro y con mascada del mismo color, es el único que limpia sus armas cotidianamente y en eso está. Trabaja sobre un Barrett de largo alcance y siguen dos pistolas Beretta. Está medio calvo y sus ojos claros son más fríos que los de un perro esquimal. A lo único que han mostrado respeto es a los cuadros de Nyomi.

Bueno, quizá no es para tanto, se trata de proteger a Carmen Larrañaga, evitar que la maten o que vuelva a caer herida.

Todo eso de los derechos de las viejas es nuevo, ¿verdad?

No tienen derechos suficientes, y la pretensión de Larrañaga es que los tengan y no sean víctimas de tantas tropelías. Que las leyes que las protejan no sean letra muerta.

Órale.

Me parece una pendejada, Brocha Gorda, las viejas siempre han mandado; al menos yo, todas las que tuve me trajeron cortito.

Por pendejo.

Ey, ey, cabrones, no vayan por ahí, yo he sido feliz con mi vieja por cincuenta años y no me arrepiento.

También a Brocha Gorda le fue bien.

Es verdad.

Pues a mí no, y la neta no les metí un tiro porque eran viejas.

Este pinche Chingaquedito todo lo resuelve a balazos.

¿Hay otra forma?

Bueno, aquí el asunto es que tenemos un enemigo que, al parecer, tiene un respaldo de cuidado.

Igual nos la pelan, ¿cómo la ves, Bigote con Patas?

Estoy de acuerdo contigo, Marciano, veamos primero el escenario y luego bailamos.

Eso de bailar está bien, y prefiero el vals.

Ya, si el Pintor de Brocha Gorda se metió a la casa y le puso las cosas en claro a ese malandro quiere decir que podremos con ellos.

Yo le hubiera metido un tiro en la cabeza, antes de aclararle lo que sea.

Tú porque eres un pinche bárbaro.

En este pueblo no hay ladrones, ni cerveza.

Pero hay un Oxxo a la vuelta.

Cabrones, antes de ir por más cerveza, quiero que estemos claros en lo que debemos hacer.

Yo lo tengo claro, Marciano, meterle a esos cabrones tiros en la cabeza o donde se pueda.

Chingón, pero, aun así, necesitamos decidir nuestros pasos y no ir por ahí a lo pendejo.

Es lo conveniente.

Señala Bigote con Patas y añade.

No olvidemos que cada paso es importante, y desde luego veo difícil repetir la acción de Brocha Gorda; insisto en estudiar a fondo el escenario.

Para mí, lo urgente es cuidar a Carmen, cuando menos hasta las elecciones, que serán en poco más de dos semanas.

Falta un chingo.

Está en campaña, también está enferma, aunque no lo reconoce.

Así son las mujeres.

Lo sé, recuerden cómo era Nyomi.

Está bien, tomemos las cosas con calma; antes de lo que sea, Brocha Gorda, qué chingona está tu casa; viviendo tan bien, tenías razón en olvidarte de nosotros.

No, no tenía razón.

Claro que no, lo que pasa es que este cabrón en el fondo siempre fue un hijo de la chingada.

No los olvidé, eso nunca; lo que pasa es que siempre pensé que habíamos cerrado un ciclo; la prueba es que siempre tuve conmigo sus teléfonos.

Eres un culero, Brocha Gorda, es en vano que lo niegues.

Bigote con Patas bosteza.

Tienes razón, Bigote con Patas, eso fue lo que me dijo Marciano, pero aquí estamos de nuevo juntos.

Y van a volar pelos.

A huevo.

Bien, Marciano, qué idea ronda tu cabeza.

Latas de cerveza medio llenas. Los cuatro beben sus restos, se terminan un poco de jamón, las galletas habaneras y las quesadillas que Robles les había llevado una hora antes.

Lo que tengo claro es que vamos a poder con esos cabrones, pero como expresé antes, debemos ir con tiento. Los cuatro sabemos lo que es esto y, como es del dominio público, las frutas maduras caen más fácil.

Tocan. Los cuatro se vuelven a la puerta. Bigote con Patas se nota somnoliento.

Mierda.

Entra Robles, trae consigo una bolsa de Tecates, una charola de quesadillas que cocinó la Rusa y una botella de tequila Orendain.

Señores, un presente de la candidata.

Te pareces al Señor de los Milagros, amigo.

Qué sea menos; Néstor, si necesitan algo, dices rana y yo salto.

Gracias, Antonio, de nuestra parte agradece a la candidata y también a la Rusa por el detalle.

Marciano se comió tres quesadillas, bebió una Tecate y medio vaso de tequila, eructó y externó.

Brocha Gorda, entiendo, vamos a seguir cuidando a la señora, ¿tienes algo con ella?

Claro que no, los tres conocieron la naturaleza de mi relación con Nyomi y hasta allí llegué.

Fue una relación muy chingona, Brocha Gorda.

Diría que sigue siendo, aunque Nyomi ya no esté.

Chingón.

Ser guardaespaldas de Carmen fue circunstancial; ahora la veo un poco como si fuera mi hija.

Ya cabrón, no tienes que ser tan sentimental.

Bueno, clávate en vigilar; nosotros estudiaremos el terreno con la idea de localizar las arenas movedizas.

A mí eso de estudiar desde morrito me dio urticaria; Marciano, a mí dime a quién debo bajar y estaré completo; como seguramente lo notas, mis instrumentos están listos.

Este cabrón sólo cuando mata existe, como el corrido de Teresa Mendoza que compusieron el Batman Güemes y otro güey, no recuerdo el nombre.

¿Ese Robles? ¿No se cagó cuando lo llevaste a la operación a la casa de Vega?

Estuvo a la altura.

Espero que además de tomar fotos sepa manejar un arma.

No creo, pero me da la impresión de que aprende rápido.

Oye, Pintor de Brocha Gorda, ¿qué pedo con ese Carnicero?

Conocí un Carnicero que era un hijo de su puta madre. Creo que me está entrando sueño.

Sólo lo que les conté; al parecer es el jefe, es de los que trata de impresionar con su presencia.

Así estará de feo el güey.

El apodo está cabrón.

Sí, es un apodo con mucha historia.

De carniceros que no venden carne.

Brocha Gorda, vamos a instalar el campamento; desde aquí te vamos a apoyar cuando lo consideres necesario.

¿Manejaron los tres?

Sólo Marciano y yo, quizá por eso me llegó el sueño.

Pero fui el copiloto toda la ruta y no dormí ni madres.

Es neta, Chingaquedito nos hizo compañía todo el camino.

Sé que lo saben, pero me alegra verlos, y que estén aquí. Los veo al cien, como si no hubiera pasado el tiempo.

No seas mamón, pinche Brocha Gorda.

Y te callas el hocico.

Néstor hace un gesto amistoso y se marcha para estar más cerca de la sirena. Se siente completo, esos desgraciados son sus únicos amigos y por ese día le basta. Después, podrán venir los eclipses y los ciclones; él estará bien.

En el jardín encuentra a Choco.

Néstor, Zazueta está con Carmen, mañana estaremos en la colonia de Guille, luego debemos llevarla a un hospital.

¿Está de acuerdo el doctor con esperar un día?

Sí, sólo pide que haya una ambulancia para trasladarla en caliente.

Intuye que el doctor no la mira con fuerzas para el mitin, que espera que no sea parte de la fatalidad. Guarda silencio, sabe que los días rapaces son puertas para lo indeseable y Choco tiene clara su responsabilidad.

Una camioneta blanca se detiene frente a la casa de Carmen. Choco queda paralizada. En la madre. El jubilado desenfunda, silba, los Aguijones salen empuñando sus armas. Del asiento posterior baja un hombre de setenta años, bien conservado, que saluda a Choco con la mano. Es el senador. Yturralde respira, responde el saludo y murmura una maldición.

Tranquilo, Néstor, es amigo.

Los Aguijones se relajan.

El senador abraza a Choco y saluda al jubilado de mano.

¿Cómo estás?

¿Cómo quiere que esté? Bien cabreada. Éste es Néstor del Valle, nuestro ángel guardián.

Mucho gusto, Néstor, algo sé de ti.

Gracias, señor.

Pase por favor.

Mientras caminan, Choco pone al tanto al senador.

No me digas, qué arriesgado lo que quieren hacer, deberían pensarlo.

Ni se lo diga.

Claro que no, no olvides que somos serranos y somos tercos. Néstor, supongo que te harás cargo de cuidar el traslado; no sé qué hospital haya sugerido el doctor, pero, donde la lleves, nosotros nos haremos cargo, menos en la clínica de la Metrópoli, que es muy cara y jamás nos echan una mano.

Senador, neta que usted ni parece del partido en el poder.

En un partido hay gente de toda.

Pues hasta ahora hemos encontrado puro cascajo; por cierto, el doctor no sugirió hospital.

Como sea, me informas en dónde la atenderán.

Entran.

La sirena se sorprende y se pone de pie.

Senador, qué gusto.

Se abrazan.

Carmen, me tienes admirado, ya me contó Choco que harás una presentación y luego al hospital.

Las circunstancias lo exigen, senador.

Una buena política siempre debe estar más allá de las circunstancias.

Como usted bien sabe, debemos ir con todo.

Pues tienes todo mi apoyo y el de varios compañeros y compañeras, tal como te mandé decir con mi hija.

Me dijo eso y aun hizo más por nosotros.

Lo sé, y estoy aquí para reiterarte nuestro respaldo; he pedido a Choco que me mantenga informado de tu estado de salud y del hospital donde estarás.

Además, cubrirán los gastos.

No me digas; senador, qué bárbaro, muchas gracias.

Nada, lo hago con gusto y me respaldan compañeras y compañeros. Acuérdate de que me gusta pasar lista de presentes.

Si usted fuera creyente, le diría que Dios lo bendiga.

Por favor, no te detengas, me lo decía mi madre.

Se abrazan. El hombre se marcha. Deja un sentimiento de plenitud en las mujeres tan intenso que la sirena canta, de Fito Páez:

Quién dijo que todo está perdido
Yo vengo a ofrecer mi corazón
[...]
No será tan fácil, yo sé que pasa
No será tan simple, como pensaba.

Luego cierra los ojos, calla y se acomoda en el sillón.

Néstor del Valle sale, siente el fresco de la noche y comprende que no pueden fallar, caiga quien caiga.

Veinticuatro

Desde una silla de ruedas, Carmen reanuda su campaña en los terrenos de Guille Franco con gran éxito de asistentes. Villalpando presente. Cancha de básquet sin aros en los tableros. Igualmente, el trabajo de Néstor, sus amigos y Antonio, que ya le ha tomado sabor a vigilar, es efectivo. Carmen habla de la protección a la mujer como un derecho humano y de la necesidad imperiosa de convertirlo en leyes. Urge, señorita, demasiadas víctimas entre nosotras. Las mujeres plantean la urgencia de estancias infantiles, guarderías, parques limpios y con aparatos funcionando y una ciudad amable con la infancia. Es asombrosa la cantidad de cosas que necesitamos. Ustedes, las que son choferes de Uber, ¿pueden usar el cinturón de seguridad si están embarazadas? Pues no, porque fue diseñado para hombres e ignoraron esa condición importante de la mujer. Una joven solicita clases de zumba y todas ríen, pero Carmen aprueba con una sonrisa, agrega que todo es posible si las mujeres se mantienen unidas, seguras y se castiga a los maltratadores, violadores y acosadores, que son la gran plaga contemporánea que urge combatir y erradicar. Y lo haremos nosotras, ya que al gobierno de la república parece no interesarle el tema.

¿Gobierno feminista? Mis ovarios.

Si dan clases de zumba nos vamos a poner bien buenas.

Oye, eso del cinturón es cierto.

No podemos tolerar más la violencia de género, debemos arrancarla de raíz castigando a los agresores. Son más de diez mujeres las que matan al día en nuestro país, ¿por qué?, ¿en qué nos convertimos?, ¿por qué nos odian tanto?, ¿será porque cada vez más mujeres defienden su derecho a una vida digna? Yo voto por esta muchacha aunque me lleve la chingada. En 2022, ochenta y nueve mil mujeres fueron asesinadas en el mundo, ¿qué les pasa a todos?, ¿qué futuro les espera a nuestras niñas? Este siglo tiene que ser el nuestro, tenemos ejemplos de mujeres de otras nacionalidades que han puesto las ideas para que sus países las protejan, y lo han conseguido; así que nosotras vamos a proponer las nuestras, y en el Congreso de la Unión nos van a oír, y nos van a escuchar hasta los sordos, porque voy como su voz y como su pensamiento.

Aplausos. Esta mujer sabe lo que queremos. Una voz sin miedo y audible que escucharán aunque no quieran. A ésta sí le creo, así que tendrá mi voto.

Luego canta, sin demasiada energía, el "Coro de los esclavos hebreos", de *Nabucco*, de Giuseppe Verdi.

Cuando cantas yo canto con tu libertad
Cuando lloras también lloro tu pena
Cuando tiemblas yo rezo por tu libertad
En la dicha o el llanto yo te amo.

Las mujeres guardan silencio, la mayoría no conoce la canción pero la están sintiendo en el corazón y en el cerebro. Los hombres se quedan quietos. Respetuosos. Villalpando admirado. Qué cosas canta Carmen Larrañaga. Néstor y sus amigos se deslizan entre la gente, atentos a cualquier movimiento extraño. Del Valle lleva su vieja alforja con el libro de fotos de Nyomi y una de sus pistolas. La otra la porta en la cintura bajo la camisa. Por poco más de tres minutos, la voz de la sirena es todos los imperios caídos, todos los labios lacerados, toda la esperanza en un bizcocho. Estas personas no son un conglomerado, una multitud; cada una tiene su historia y la tiene presente. Todas las semanas se enteran de que han asesinado a alguna aspirante a un puesto de elección popular; a ésta ya intentaron matarla y fracasaron, y, si tratan de nuevo, ¿lo lograrán? Los Aguijones harán hasta lo imposible para impedirlo.

En ese momento, Del Valle, Robles y los muchachos de la hija del senador conservan los ojos más abiertos que nunca. Marciano, Bigote con Patas y Chingaquedito entre la gente, aunque sorprendidos, no cierran los ojos. Bigote con Patas bosteza y ya se está preocupando; no es normal en él. Yturralde se mantiene cerca de la candidata, dispuesta a cubrirla con su cuerpo si es necesario. Las amigas de la Rusa se mueven vigilantes. Sin embargo, Carmen bien plantada, demuestra por qué aquel novio y luego sus abuelos le decían la sirena.

Néstor no lo espera, pero en algún momento una mujer misteriosa vestida de blanco se planta frente a él con una sonrisa discreta.

Hola, señor, buenas noches.

Buenas noches, señora.

Del Valle responde el saludo sin descuidar su cometido. La gritería, que es intensa al concluir Carmen de cantar, baja poco a poco unos cincuenta decibeles. La gente controla su euforia, con esta chica sencilla han recuperado la esperanza y obrarán para que se note en las urnas. Que sí, que no, que cómo chingados no.

Quiero comunicarle algo importante en relación con la candidata, que, por cierto, tiene un futuro muy complicado.

Néstor mira con atención a la mujer, descubre que es imposible escudriñar sus ojos pero percibe que es una persona seria, lo que no quiere decir que sea confiable.

¿Y usted se llama…?

Sé que no le interesa mi nombre y que me pregunta mientras decide si me escucha o no.

Es verdad, pero si sé su nombre es más fácil que considere sus palabras; soy Néstor.

Laila Comondú, practico la medicina tradicional y poseo algunos dones de adivinación.

Sin abandonar su actitud, el jubilado responde.

Es un gusto, señora, la escucho.

Laila mira los ojos de Néstor, entiende que tiene prisa por el trabajo que realiza y nota que es un hombre honesto y leal.

Al parecer, Carlos Felipe Vega Fernández perdió el respaldo del Señor de la Sierra; sin embargo, ayer mismo, el Siete, del Cártel del Sur, le prometió darle el apoyo financiero necesario para su campaña y ganar la elección. Quería darle esa información; buena suerte, Néstor; por cierto, Carmen Larrañaga es muy guapa y canta precioso; cuídela bien, como le dije hace un momento, le esperan días rapaces. Una expresión que a usted le gusta.

Néstor del Valle vuelve a mirar los ojos de Laila. Desde luego que le es imposible ocultar sus dudas a una mujer tan perspicaz como la hechicera. Sus años de experiencia hablan por sí mismos.

Se lo digo con gusto. Mi hija está con él, la enloquece con el sexo; ella lo ama, pero él la va a lanzar a la calle en cualquier momento. Es un hombre sin corazón, sólo lo mueven intereses económicos y para lograrlos es capaz de todo.

Del Valle observa aquel rostro moreno, piel suave, ojos intensos.

¿Por qué su hija revela esta información?

Porque desconfía, y porque sabe que será desechada. Usingalai tiene más virtudes que yo, pero no puede usarlas hasta que yo muera. Es tradición de nuestro pueblo guaycura.

Expresa Laila algo relajada.

Veo que usted también sabe leer lo que no está escrito.

Néstor se queda quieto.

Usted conoce a mi hija, ella se expresó muy bien de usted.

Néstor la observa de nuevo. Claro, era la beldad que estaba con Vega Fernández y jugaba con su sangre.

Señora, se lo agradezco; veo que está en serio con nuestra candidata. Diga a su hija que protegeremos su identidad.

¿Lo dice por las fotos?

Exacto.

Es gratificante escuchar eso.

Como usted sabe, debo proteger a la candidata; por favor, cualquier cosa que sienta que la perjudicaría, hágamela saber de inmediato; esto se ha convertido en un asunto que podría salirse de control.

Me gusta que no me pida números de celular y ni me los dé. También que no me diga, como todos, que mi hija es un pimpollo. Usted y yo nos entendemos.

Creo que sí.

Néstor ofrece su mano a Laila, ella la estrecha, la retiene un momento.

No lo olvide, cuídela bien.

Expresa con una ligera sonrisa.

Sus amigos le cubrirán la espalda mejor que nadie, y aunque tendrán muchas complicaciones, ella podrá salir adelante.

Néstor hace un gesto de afirmación ante la efigie de Laila, que se aleja entre las mujeres entusiasmadas. Se apresura a llevar a la sirena a la ambulancia, donde aguarda una enfermera. Villalpando se pone a las órdenes para cualquier apremio. Carmen, un tanto coqueta, le agradece, lo mismo a Megan y Dashiella, que le hacen sentir su amistad.

En la oscuridad, el Carnicero y dos sureños observan, se formulan varias preguntas, pero sólo una respuesta.

Veinticinco

En la ambulancia.

¿Eso te dijo? ¿Y podemos confiar en ella?

Choco está cada vez más desconcertada, le han impresionado las palabras de Laila Comondú pero en ese momento le cuesta creer en demasiadas cosas. Sobre todo porque lo poco que sabe del Cártel del Sur es que son muy sanguinarios y no se tientan el corazón para eliminar a cualquiera.

Salimos de Guatemala para entrar a ya te chingaste.

Carmen recuerda su vida con el Mirachueco y siente un retortijón. Dios mío, ¿acaso debo soportar esa marca hasta que muera? Soy la que soy, no lo niego, pero llevo una vida superando esa mala experiencia y no consigo enterrarla por completo. Quizá deba salir con Villalpando, que se ha mantenido cerca. Observa a Néstor, lo nota sosegado. No se aterroriza por nada ni por nadie y, con esos amigos que llegaron para apoyarnos, mal haría en tener miedo y no lo tendré. No necesito olvidar para poder vivir y tampoco para realizar un sueño que no sólo es mío, sino de miles de mujeres que me dan energía y esperanza y que confían en mí. Me curaré. Y como cantan los maestros:

Resistiré, para seguir viviendo
Soportaré los golpes y jamás me rendiré
Y aunque los sueños se me rompan en pedazos
Resistiré…

Es necesario. También Marcela Lagarde es un ejemplo, jamás ha bajado la guardia y yo tampoco me rajaré.

El vehículo avanza a velocidad normal.

Néstor, quiero oír tu opinión.

Qué buena la canción que cantaste; compartiste un profundo sentimiento de solidaridad.

Es cierto, lo sentimos en los corazones.

"Va, pensiero", de la ópera *Nabucco*. Por cierto, a Verdi también le gustaba la política y también fue diputado.

No pude meter toda la energía que requiere, pero también se me puso la piel de gallina; y, por si no lo saben, canté la versión de Nana Mouskouri. Sin embargo, ¿qué me dices de la situación, Néstor?

Señorita, las indicaciones de la doctora son que descanse en el trayecto, por favor, guarde silencio.

Carmen, controla tu emoción. Néstor, te escuchamos.

Ya he dicho lo que pienso desde el principio. Para llegar tienes que estar viva y para eso debemos evitar exponerte. Si topamos con esos tipos o con los que sean, les haremos frente con lo que tenemos. Seguro percibes cómo son mis amigos, lo que queda de un grupo llamado los Aguijones.

Con ese nombre, uy. Qué bueno que están con nosotros, porque dan miedo.

Comenta Choco.

Pues ellos no vinieron a morir y si siguen mis instrucciones, a ustedes nada les pasará.

Que tampoco nos lleve la calaca.

De eso se trata; sugiero aprovechar la presencia que Carmen ha ganado y dirigir la campaña por otros medios.

No más mítines, quieres decir.

Es correcto, pensemos en la operación y en el hospital; mis amigos y yo vamos a vigilar e impediremos la presencia de extraños.

Larrañaga desea comentar algo pero la enfermera le hace un gesto para que se mantenga en silencio.

Pregunta Choco.

¿Podemos confiar en una adivina guaycura y en su Mata Hari?

Lo mismo que en una bailarina y cortesana neerlandesa de gran belleza, que espió para los alemanes en la Primera Guerra Mundial.

Es Antonio, sentado entre su mujer y Néstor, que viaja junto a la puerta de la ambulancia.

Pues no me la creo; díganme pendeja si quieren, pero pienso que puede ser una trampa.

No conozco el carácter de la hija, pero lo que me dijo la madre no es mentira. Lo sé.

¿Cómo es eso?

No es fácil explicarlo, la manera en que percibí las palabras de la señora me inclina a pensar que su advertencia es real. Soy viejo, Choco, digamos que a esta edad la experiencia es sabiduría.

Me lleva la chingada, Néstor; ahora resulta, una desconocida te endulza el oído y le crees.

Musita Carmen.

Prudencia, como decía la abuela de mi amiga Leo, dejemos que Néstor decida.

Por favor, señorita, manténgase en silencio.

Tu seguridad es mi trabajo, de Choco, de Antonio, de los Aguijones y en este momento de varias personas.

Esos pinches rucos se ve que están bien tumbados del burro.

Después de la operación, hablamos; ahora voy a callarme.

Ya estamos cerca.

Otra cosa, Néstor, no seas cabrón, no te guardes todo para ti.

Hasta ahora no han necesitado saber más para mantenerse a salvo y vamos a continuar. Veamos a qué tanto se atreven.

El Carnicero sigue vigilando, Néstor.

Sí, y vamos a respetar su trabajo; si nosotros conseguimos entrar a la casa de su jefe, es porque nos minimizaron; no se olviden de que los respaldan los del Sur.

¿Por qué no quieren enseñarnos las fotos que tomaron?

Del Valle opina que a su tiempo y me parece bien.

Pinche Antonio, estás bien alineado, cabroncito.

Carmen, tal vez los sicarios no se atrevan a dañar tu belleza; cuando te den de alta en el hospital, ¿te pondrías un chaleco antibalas?

La candidata lo mira con cierto azoro.

¿Es necesario?

Sólo te verás más ancha.

Volverás a los corsés que usaban nuestras abuelas.

Pues si no hay de otra.

La ambulancia entra a la zona donde la paciente será ingresada.

Cuando salgas, me gustaría que hablaras con Camarena.

¿Con ese pendejo?

Le dirás que quieres llevar la fiesta en paz, que hay demasiados muertos en este proceso electoral.

Bueno, si vas a platicar con esa bazofia, coméntale que sabemos que a Vega Fernández lo respalda el Cártel del Sur y admiramos su manera de perder dinero.

O de ganar.

Apostilla Robles.

Conversarás con la seguridad de que serás la triunfadora.

En toda verdad hay un atisbo de mentira, y viceversa.

Bueno, yo leo novelas, y aunque siento que muchas me llegan al corazón, termino por no creer lo que me cuentan. Creo que fue Vargas Llosa el que dijo que allí estaba la verdad de las mentiras.

Carmen está atenta a sus compañeros.

La ambulancia se detiene. La enfermera abre la puerta.

Disculpen.

Señorita enfermera, sólo haré esta llamada, se lo prometo.

Choco, ¿le marcas de mi celular, por favor? Lo haré ahora. Espero que no sea una hora imprudente.

Cómo crees, le vas a hacer la noche al güey.

Se mantienen unos segundos esperando respuesta y nada. Marca por segunda vez.

Extraño que llames, Larrañaga, ¿quieres humillarme?

Nada de eso, Camarena, sólo decirte que queremos llevar la fiesta en paz; faltan pocos días para las elecciones y ya se ha derramado demasiada sangre.

Me parece bien tu propuesta, muy civilizada; por si lo has pensado, nada tuvimos que ver con la agresión de que fuiste objeto; en cambio, si fue cosa de ustedes lo que le pasó a Vega Fernández, el sicario le dijo muy claramente que no se metiera contigo.

Fue mi ángel de la guarda.

Ya lo vi, es un ángel muy veterano pero muy ágil, se nota desde que te sacó del hospital.

Tiene sus virtudes; bien, Camarena, entonces vayamos en paz, evitemos la intromisión de grupos ajenos a la política.

Me parece correcto.

Que tengas una buena noche y que todo salga bien mañana.

Así será, no olvides que somos el partido en el poder; pensábamos demandarte por la agresión a Vega, pero después de esta llamada lo voy a pensar.

Bueno, tenemos una demanda por enriquecimiento ilícito que también vamos a detener.

Buenas noches, candidata.

Carmen no sabe jugar ajedrez pero en este momento piensa como ajedrecista. El reloj que marca el tiempo es de Dalí.

Que descanses.

En una silla de ruedas ingresan a la paciente al hospital Raúl Ávila. La recibe la doctora Esthela Robledo, que, junto a un equipo de mujeres, se hará cargo del trabajo.

Candidata Larrañaga, es un gusto grande atenderla; le haremos análisis clínicos y procederemos.

Gracias, doctora.

Está en manos de mujeres profesionales y no le fallaremos.

Las químicas extraen sangre y la anestesióloga se prepara.

Una enfermera informa a Choco que la operación podría durar de tres a cuatro horas. Ella avisa a Néstor.

Los Aguijones, que escoltaron la ambulancia, se reúnen con Del Valle en una sala de espera próxima al quirófano. Cada uno lleva su arma en una bolsa de piel alargada que se puede colgar del hombro; Néstor, su vieja alforja. Preguntan qué sigue. El jubilado les pide que vayan a casa, que él debe permanecer en el hospital, que en cinco horas lo releven.

Me quedo contigo y que éstos descansen, luego que nos sustituyan.

Propone Marciano. Chingaquedito y el somnoliento Bigote con Patas aceptan. Le piden a Robles que los lleve.

Cinco horas después regresan y la cirugía continúa. La única información que tienen es que los órganos de la sirena están más dañados de lo previsto. Choco ha tomado café y tequila pero no se tranquiliza. Maldice y solloza. Antonio se mantiene a su lado.

Para Néstor, la noche es de las que no le gustan, demasiado tranquila y tensa. Marciano ha dormitado pero él no ha pegado ojo. Hombre de muchas almas. Laila predijo que la sirena no moriría en este trance, no tengo por qué confiar en ella, sin embargo, espero que no se equivoque, ¿para qué sirve una adivina que se equivoca? Nadie domina todas las claves de la vida, y menos de la vida de los otros. También vaticinó que nos esperan días rapaces.

A las nueve horas con diez minutos de cirugía, aparece la doctora Robledo. Está agotada. Su rostro es la selfi de un campo de batalla después de la rendición.

Salió bien. Su recuperación será lenta y larga. La pasarán a terapia intensiva por lo que se pudiera ofrecer pero no es para que se alarmen. Dormirá por unas horas, lo mismo que yo.

Su voz es segura, emite una leve sonrisa.

¿Cree que esté bien el día de las elecciones?

Eso ni Dios lo sabe, y yo no lo creo. Es un caso extremo pero conseguimos salvarla. Su abdomen quedará abierto hasta que se cure.

Madre mía.

Choco da las gracias a la doctora y se desploma en una silla. ¿Qué pedo con nuestro pinche cornetero?

Los demás la miran alejarse.

Veintiséis

Marciano, voy al estacionamiento. Regreso en tres minutos.

Te acompaño.

No podemos alejarnos los dos. La enferma nos necesita.

De verdad que te has convertido en un pinche padre, algo que ninguno de nosotros aceptamos ser, por aquello de que siempre estamos tocando las puertas del infierno.

Néstor sonríe y se aleja. Su vieja alforja con él. Ha visto a Laila afuera, quiere saludarla y tal vez le traiga noticias.

La mujer de blanco está bajo un tabachín. Sonríe y hace una seña. Es todo, porque le disparan. Néstor saca su Beretta y se parapeta tras una ambulancia. Laila cae herida. Un auto negro se aleja a toda velocidad. Del Valle se desplaza hasta donde yace la mujer. Los guardias del hospital se previenen pero no salen del edificio. Saben que cada vez son más frecuentes estos hechos y ellos no tienen velas en esos entierros. Laila musita.

Cuídela. Todos los escollos tienen nombre.

Néstor va a decir algo pero ella se queda quieta, tan quieta como si no existiera; observa su rostro pétreo y siente que nuevamente debe partir de cero. Reconoce que hay personas que durante su vida varias veces empiezan de cero y que es parte de esa tropa. Esto lo pone alerta, la vida es algo más que regresiones. Le cierra los ojos.

Marciano se aproxima, pistola en mano, seguido de Antonio. Enfunda.

Brocha Gorda, estarás de acuerdo en que hay demasiado ruido alrededor de tu candidata.

Mientras lo escuchemos, estaremos bien.

¿Quién era esta ruca?

No hay Historia en que quepan las infamias.

Laila Comondú, una indígena guaycura que conocía muy bien a Vega Fernández. Era su adivina. ¿Recuerdas, Antonio? Nos avisó que Vega está protegido por el Cártel del Sur y que debemos cuidar a Carmen escrupulosamente.

¿Eso dijo? No cabe duda de que era más cabrona que bonita.

También señaló que no tuviera miedo porque ustedes me cubrirían la espalda.

Es curioso, justo anoche acordamos eso.

Gracias, como ven, tenemos que meterle a este asunto; es la razón por la que los busqué.

Entiendo perfectamente. Nosotros haremos lo nuestro. Chingaquedito matará a quien haga falta, lo mismo que Bigote con Patas y yo.

Los vigilantes del hospital se acercan.

Señores, viene la policía, querrá interrogarlos.

Qué bueno, sirve que buscan a los asesinos.

Conocían a la occisa.

Responde Marciano.

No.

Bien, dejaremos el cuerpo del delito donde se encuentra.

Procedan como gusten, estaremos dentro del hospital, cuando lleguen nos llaman.

Antonio, ¿crees que podrías conseguir que la Rusa nos haga quesadillas? Dile que la salsa con habanero que nos envió no tiene madre.

Con mucho gusto.

De una vez traes a los relevos.

Antonio llama a Choco para que haga la solicitud a la viuda.

Brocha Gorda, sé que es tu pedo pero tienes que descansar. Necesitas dormir unas horas, ver los cuadros de tu mujer y relajarte. Te prometo que mientras lo haces nadie le pondrá una mano encima a la candidata.

Néstor pone la mano en su alforja donde guarda el libro que ha visto varias veces, pero sólo eso.

Aparecen Villalpando con un ramo de flores, y las amigas G y H. Les informan que Carmen no recibe, que está delicada.

Quiere decir que se pondrá bien.

Eso esperamos, si gusta nosotros le damos sus flores.

Se lo agradezco. Jesús Esquivel, un amigo periodista, desea hacerle una entrevista, quizá serviría para ayudar a decidir a los votantes.

La idea es buena, pero Carmen no está en condiciones de recibir a nadie.

Dígale que la queremos mucho.

Megan tiene boca pequeña, Dashiella ojos vivaces. Ambas sonríen. Se marchan en busca de un bar para celebrar por la sirena.

El comandante Aurelio dirige el operativo y no hace preguntas. Reconoce a Laila. Simplemente ordena que entreguen el cadáver a su hija y llama a Vega Fernández. La noticia sorprende al político, que, a pesar de todo, tenía algo de aprecio por la mujer.

Desde la entrada, Néstor y Marciano observan. Comprenden que para el comandante la muerta es insignificante.

Vega Fernández corta a Aurelio, se permite tres segundos de duelo y pone atención a la marquesa Theron, que está que echa chispas.

Así que por esa puta que me abrió la puerta te negabas a recibirme.

No es eso, ¿acaso no ves cómo estoy?

Estás herido, y bien sabes que yo podría cuidarte mejor que esa india patarrajada.

Usingalai escucha desde la sala de arriba. Sonríe. Está tan orgullosa de su raza que las palabras de la marquesa la tienen sin cuidado.

Querida marquesa, por favor, discutamos esto en otra ocasión; no me encuentro de humor para nada.

¿Me corres?

Claro que no, pero me siento cansado.

Claro que me corres, no te hagas.

Charlize se pone de pie.

Eres un malagradecido, un pendejo; no tienes idea de todo lo que he hecho para que conserves tu curul; pero friégate, no mereces otra cosa.

Está bien, marquesa, te debo todo; pero por favor, déjame descansar.

Con gusto me largo, ve a revolcarte con tu puta prieta.

Theron quiere dar un portazo pero la puerta tiene un mecanismo para cerrar despacio. Maldice.

Vega Fernández permanece inmóvil en su sillón favorito, deja sonar su celular, toma la llamada de Choco sin muchas ganas.

Hola, Choco, qué milagro.

Pásame a la hija de Laila.

¿Cómo sabes que está conmigo?

No juegues conmigo, Vega; mataron a su madre y debo informarle.

Vega finge sorpresa y formula preguntas como dónde, cuándo, a qué horas.

Acribillada, cabrón, en un estacionamiento.

Él sabe todo pero finge. ¿Acaso no es lo que hacemos los políticos?

Lástima, era gran amiga de mi madre.

Y tuya también, no te hagas pendejo.

Pasa el celular a la chica, que queda fría. Lo presentía pero no tenía certeza. Emite un leve sonido de dolor, agradece y corta. Memetea triste. Choco experimenta una sensación extraña y de inmediato piensa que Carmen está obligada a recuperarse. Es demasiado.

Usingalai soporta la fuerza de su pérdida con mucho desconcierto. Mientras pasan los segundos, siente que envejece, que su cuerpo se encorva, que su corazón se hace pequeño, que su sangre se enfría. Advierte que no hay oscuridades para sus ojos negros. Vega Fernández la abraza, le ofrece su apoyo pero la joven está en otra dimensión, para ella su madre era una estrella rutilante para la buena vida. Sabe que con los días la fuerza de su sensualidad desaparecerá pero no le importa. La fortaleza de su cuerpo funcionará en otra dirección. Es una mujer partida que más que preguntas tendrá respuestas y más que días tendrá noches.

Vega pone un auto a su disposición para que la lleve al Servicio Médico Forense, donde se encuentra el cuerpo de su progenitora. No le dirá, pero él envió la ambulancia que la transportó.

Gracias, Carlos Charlie.

Vega Fernández pasa una noche extraña. Le parece más oscura, más pesada. Pegajosa. Al día siguiente se registra como candidato por el partido oficial con gran despliegue de banderas, impresos y música. "El Bueno." Como suplente registran a una mujer que nadie conoce. En las afueras del INE, una cantante de moda enseña una teta ante la algarabía de los presentes, que quieren ver la otra. Después del acto se concentran en un estadio de futbol que luce abarrotado. Dos cantantes vernáculos interpretan corridos que todos conocen.

El Rojo no estaba manco
En el río se echó un clavado
Lo llevaban esposado

Un sargento y dos soldados
Dijo que iba a beber agua
Y se les volvió pescado.

El más joven interpreta "Las Morras", y varios corridos tumbados. Los asistentes gritan vivas al candidato, bailan, beben cerveza y algunos exhiben felices billetes de quinientos pesos que recibieron por asistir. La política tiene formas eternas y los políticos no las ignoran.

¡Con Vega habrá riqueza!

¡Y mucha fiesta!

¡Acabará con la corrupción!

Vociferan. Están contentos, y desde luego que no falta un grupo de mujeres que gritan el nombre de Carmen Larrañaga. Camarena sonríe con frialdad, pero a Vega Fernández no le hace ninguna gracia.

Eh, líder, arregla el orden y nos amanecemos.

Las mujeres son retiradas en medio de una rechifla.

Desde el día anterior, cuando Usingalai lo miró de otra manera con sus profundos ojos negros, antes de abandonar su residencia, hay algo que trae atravesado en el pecho y que no puede sacar porque no tiene claro de qué se trata. ¿Qué clase de mensaje contenía esa mirada? Hay misterios contra los que no puedo. Justo los que interpretaba Laila. Claro, Usingalai es la sombra espesa que no le reveló la hechicera.

Repite su discurso con más ímpetu. Promete que luchará porque se aumente cien por ciento el apoyo a los adultos mayores, que impulsará leyes para que la salud sea como en las islas Fiyi y que a nadie le faltará su respaldo en sus necesidades cotidianas.

Camarena y Pandora Alonso lo ven más relajado que en el registro y aprueban sus propuestas.

La tendremos muy dura, Pandora; tenemos que buscar a nuestros operadores, no podemos confiar todo a nuestra suerte.

Sabia decisión, jefe; por más que se esfuerce Vega, se ve descolorido.

Y desencantado.

Por supuesto que muchas mujeres lo apoyan, sobre todo las que han traído de comunidades de la periferia, que deben aplaudir con entusiasmo y cumplen.

El Carnicero y sus hombres se mantienen atentos a los movimientos de su jefe. El sicario piensa que Vega está envejeciendo, igual que él. Primero le pidió que se chingara a la hechicera, y cuando la muchacha se le fue, le reclamó, le explicó que chingar no siempre quiere decir matar. ¿No? Eso será en el Vaticano, porque aquí, chingar es chingar.

Los asistentes siguen el discurso con regocijo. En realidad a nadie le importa, mientras haya cerveza que berree lo que le venga en gana, él y los que siguen. Ellos cumplen con estar, aplaudir, gritar y aguantar de pie durante el acto. A nadie le importa, salvo a Camarena, que comprende que se está jugando el pellejo, que, por más bonito que hable Vega, jamás vencerá a Larrañaga. El gesto de Pandora es elocuente. Está desencajada.

Entre la multitud, cuatro hombres armados rodean a un joven de ojos claros que observa circunspecto, le dicen el Once y su gesto es rígido. Ochenta cosas pasan por su cabeza y tendrá que elegir un par y luego ponerlas en claro con el Siete, que es su tío.

El Carnicero nada sabe de política, pero comprende que Vega Fernández ha perdido el rumbo, que todo el encanto que desplegó en campañas anteriores se ha ido por el caño, que se dejó alcanzar por sus malas decisiones. Siente pena. Como sea, los años en que lo ha acompañado le han generado cierta empatía con el político. Contempla a la multitud distraída y comprende que debe hacer algo. Algo sencillo pero que rescate a su jefe de ese camino que lo lleva directo al precipicio. Pidió a la Costeña que asistiera, pero ella rechazó la invitación; sin embargo, lo invitó a cenar, a quedarse en su casa, a dormir como Dios manda. Dicen que los años reducen la fuerza en los humanos, y justo es lo que está sintiendo, sin deseo de sexo a pesar de la belleza de su amante. Aun así, debe dar señales de que están presentes, dispuestos a dar la batalla hasta que los votantes decidan o los expertos trabajen suficiente. Perpetrar algo, aunque sea algo insignificante. ¿Quién mandó matar a Carmen Larrañaga? Si Aurelio sabe, no lo va a soltar, tampoco quién se despachó al Cacho. Rápidamente concluye que no, que algo sencillo no serviría de nada, que si actúa, debe ser en una cirugía mayor. Siente su rostro frío. Observa a Pandora, su cuerpo que le gusta, su rostro desfigurado. Se detiene en Camarena, la imagen del fastidio. ¿Hacer algo por el jefe? Al final sería para estos descastados. ¿Vale la pena? No. Apuesto a que en el precipicio hay espacio para todos.

Veintisiete

Pasa una semana y Carmen se encuentra bastante repuesta. Guille Franco, la Rusa, Cissy, Flor Almada y demás lideresas han pasado a saludar y asegurarle que están con ella hasta el final. También Magui, Chita, la Comadre, Dashiella H y Megan G le han demostrado su cariño. Villalpando llega todos los días, aunque Choco no le permite ver a la sirena. La doctora Robledo continúa atenta y el doctor Zazueta la ha visitado dos veces. Ambos afirman que la laparotomía fue acertada. Aunque ha soñado relojes gelatinosos y eventos negros de su vida, nada teme, siente que ha recuperado algo de su fuerza aunque no puede levantarse. Choco y su equipo de seguridad siguen con su sistema de guardias. Vigilan veinticuatro horas y Néstor ha dejado claro que le preocupa la aparente calma en que han trascurrido los días. Marciano le pide paciencia; Bigote con Patas, que no confunda el hospital con un museo y a la enferma con una obra de arte famosa; Chingaquedito opina que deberían buscar a los contrarios, porque teme oxidarse. Bigote con Patas deja de beber dos días en que toma medicamentos para la somnolencia que la doctora le recetó. Por la mañana aparecen preguntando por Carmen una mujer elegante, hermosa, y un joven de barba rojiza y mirada intensa. Ante la demanda de Néstor responden que son la candidata del partido Blanco y el joven del Azul, en el mismo distrito de Larrañaga. Choco se encarga. Como no pueden ver a su competidora, expresan que le desean pronto alivio y que personalmente cuente con ellos para lo que sea.

Carmen nos cae muy bien y es absurdo por lo que está pasando.

Señala la mujer.

Dígale que la competencia no es contra ella y que, si gana, cuente con nosotros.

El joven se acaricia la barba.

Le encantará saber lo que piensan.

Se despiden. Qué cosa. Esta tarde Choco conversa con la líder de las trabajadoras sexuales y la conclusión es que deben conseguir la despenalización de la prostitución y la protección de las chicas, tanto en la calle como en la salud. También ocuparse de la educación de sus hijos. Cissy lo tiene muy claro, cuenta con 38 años y ejerce ese trabajo desde los 19, tiene un hijo de 19 que no se avergüenza de su madre y estudia Derecho. Es bonita, inteligente y brava, sus discusiones con las abolicionistas son fuertes, nuestro trabajo no es vergonzoso, asegura convencida, ignominiosas son las condiciones en que lo ejercemos y en lo que terminamos. Cada noche es un callejón sin salida. Trabajar con nuestro cuerpo es muy desgastante y, sabes una cosa, las chicas que hacen cine porno quieren hablar con Carmen también, tienen el mismo problema. Generalmente terminan arrumbadas y en la miseria. Mi hijo estudia leyes y se ha empeñado en aprender sobre esa materia; eso me emociona, siento que entiende lo que ha sido mi vida y que está conmigo cien por ciento; desgraciadamente no hay muchos casos como él, los hijos generalmente rechazan la historia de sus madres y con las hijas no pocas veces es peor.

Se encuentran fuera del hospital disfrutando el fresco.

Choco comprende que los problemas de las mujeres son tantos que deberán trabajar largas jornadas para avanzar en las propuestas de ley, Larrañaga debe conseguir que se aprueben y vigilar que se apliquen. El senador podría ayudar para que no se archiven en el Senado.

Cissy, en cuanto la candidata esté en condiciones, le pasaré tus inquietudes; ten la seguridad de que una vez en la Cámara no habrá fuerza que la detenga. Como sea, tenemos que salir a votar por ella; que tu hijo hable de ella con sus amigos y compañeros. En la madre, acabo de recordar algo, ven conmigo.

Entran al hospital. Los Aguijones en su sitio.

Amigos, hoy es cumpleaños de Carmen, vamos a cantarle las mañanitas, a bajo volumen para que las enfermeras no empiecen a chingar.

¿Cuántos cumple?

Cállate, pendejo, no es asunto tuyo ni nuestro.

Tienes razón.

La habitación está levemente iluminada, la doctora Robledo toma los signos vitales de la paciente.

Choco se dirige a ella, que ya les indica que salgan, en voz baja.

Doctora, usted dispensará, es cumpleaños de Carmen y le vamos a cantar las mañanitas en voz baja.

No le dan tiempo de replicar.

Éstas son las mañanitas
Que cantaba el rey David,
Hoy que es tu cumpleaños
Te las cantamos aquí.

Las voces de los Aguijones son notables; no sólo son gruesas sino desentonadas. Carmen sonríe, da las gracias.

Enseguida se inclinan ante la paciente y salen. Desde luego que cargan sus armas en sus estuches. Robledo continúa su trabajo.

Cissy propone traer un pastel. Néstor le ofrece dinero, ella lo rechaza y sale contenta. Que sí, que no, que cómo chingados no.

Néstor se pregunta desde cuándo se celebran los cumpleaños con pastel. Lo investigará. Recuerda a Nyomi, nunca supo la fecha de su nacimiento, entonces, cada aniversario del día en que se conocieron la invitaba a cenar y le hacía un regalo. Comía poco y bebía un sorbo de vino o de sake. Sus padres habían llegado de Japón cincuenta años atrás en el equipo de trabajo del embajador de ese tiempo y se quedaron. Ella nació aquí, en esta tierra de estrépitos, sismos, ciclones y gente que difícilmente pierde su sonrisa. Cantaba con voz dulce canciones tranquilas, suaves, que, aunque no las comprendía, sentía que eran de amor. Una noche, casi al final de su vida, comentó que no habían tenido hijos. Del Valle respondió que nunca había pensado en eso. Entonces ella le pidió que considerara a todas las mujeres jóvenes como sus hijas y que si se presentaba la ocasión las ayudara. Tal vez por eso no se detuvo demasiado en aceptar la responsabilidad con su vecina, sobre todo por las condiciones extremas que se dieron cuando fue herida y la forma en que tuvo que dejar en claro que no estaba sola. Lástima que no pude hacer nada por Laila. ¿Que si llegó la policía? Claro, y dijeron que investigarían. Los comandaba un tal Aurelio, que se le notaba que ni siquiera llenaría el expediente.

Cuídala, dijo Laila Comondú, y también debo cuidarme. Vega Fernández ya se registró y ahora vendrán unos días de calma que no lo son. Los días de calma son los más peligrosos, las fuerzas se recuperan y afinan sus objetivos. El Carnicero podría pensar lo mismo; lo poco que sabemos de él es que lo trajeron de la sierra para proteger a un político que tenía futuro, y sigue con él; sin duda, el tipo les ha dado resultado, y ahora, con el Cártel del Sur, percibo que el asunto será un maldito avispero. ¿Qué pensará el Carnicero sobre esto? También es mayor. Lo que dejó claro con la chica que mandó a interrogar a las señoras es que no las tiene todas consigo, y a Carmen Larrañaga no le afecta que conozcan su pasado, al contrario, hará crecer su perfil. Choco y Antonio han diseñado una estrategia donde ella podría contar por las que pasó, lo que la acercaría más al corazón de esas mujeres que no la han llevado nada fácil. Faltan dos semanas para las elecciones y hay incertidumbre. Todo puede pasar. Ya veremos cuando soltemos las fotos. Desde luego que tendremos cuidado para no evidenciar a la hija de Laila.

Néstor del Valle, aunque es extremadamente cuidadoso, no se asusta; sabe que así funciona el mundo.

Cuando mataron a la princesa Diana pensé que no era fácil cuidar mujeres. Ser guardaespaldas de Carmen Larrañaga me lo ha confirmado, y eso que ahora cuento con la ayuda de mis amigos de siempre, y de Antonio, que resultó no sólo ser un analista experto en asuntos de política e Historia, sino un hábil navegante en las redes que me consigue toda la información adicional que necesito. Por ejemplo, Camarena es un hombre con una larga carrera en la política, siempre en partidos con poder; Pandora Alonso es doctora en Estudios de la Democracia por la universidad de Harvard, donde estudió Barack Obama, y también aficionada al tiro al blanco. Una mujer muy especial.

Cuando sale de la habitación, Choco aborda a Robledo y Néstor se acerca.

¿Cómo va la candidata, doctora?

Se recupera, sin embargo, creo que no la podré cerrar en dos semanas.

Chin, no podrá celebrar el triunfo.

Pero podrá celebrar la vida, que también es importante. Por cierto, señor Del Valle, la dirección del hospital solicita que su equipo de seguridad no sea tan visible; ha provocado comentarios adversos.

No dejaremos sola a la candidata; sin embargo, usted puede decirles que cuidaremos ese detalle.

Robledo sonríe y agradece.

Néstor ni siquiera trata el asunto con los Aguijones.

Minutos después están reunidos en el lugar desde donde no pierden de vista el cuarto de Carmen. Marciano tranquilo, Bigote con Patas poco somnoliento, recién afeitados; Chingaquedito sin afeitar. Se encuentran aburridos pero no le dirán a Néstor.

Pinche Pintor de Brocha Gorda, mejor nos hubiera invitado a esa playa de nombre inaceptable, Dromedario, qué cagado.

Ya no jodan, estamos aquí para ayudar y es lo que haremos.

Ayudar y comer quesadillas.

Mira nada más, qué pinche combinación.

Esa señora es una maga de la cocina.

Del Valle comenta.

No falta mucho, la doctora acaba de decirnos que se recupera bien.

Estamos aquí y cumpliremos, no te quepa duda, Brocha Gorda.

A huevo.

Son mis mejores y únicos amigos; pensé que sería más sencillo, pero se ha complicado el asunto.

Déjate de monsergas, cabrón perdido, y pídele a Antonio que vaya por unas quesadillas.

Buena idea, podemos comerlas antes del pastel.

Te tenían amarrado, pinche Chingaquedito.

No, está bien, me encargo.

Guille Franco interrumpe.

Hay un grupo de señoras que quieren saludar a la candidata, ¿pueden? Dicen que son del barrio, que viven en calles aledañas, que son las que caminan en el parque Antonio López Sáenz, que hacen zumba, toman clases de tejido, de gimnasia; en fin, verdad de Dios, son mujeres de su colonia. Las acompañan unos señores que juegan básquet en el mismo parque.

Guille, es imposible, la acaba de curar la doctora Robledo y al parecer la sedó. Que, en cuanto pueda recibirlas, con mucho gusto. No olvides que su seguridad es primero.

Lo tengo claro, verdad de Dios; gracias, Néstor.

Los Aguijones conversan. Néstor permanece con el ojo avizor. Nada es verdad, nada es mentira. O, como dicen, "las verdades siempre son verdades a medias". Suena su celular. ¿Serán del banco buscando a Camilo Granados? Observa el número que llama y se queda quieto. No es de la ciudad. ¿Quién será? Contesta.

Tu hora se acerca, vejete.

Murmura una mujer sin leche en sus senos.

Veintiocho

Medianoche. La conversación entre Vega Fernández y el Carnicero es determinante. La conclusión es que o aprietan todas las tuercas que se han aflojado o se olvidan de un segundo periodo en la Cámara de Diputados, algo que al político no le agrada en absoluto. Le fascina ese cheque mensual por sólo levantar la mano. Las iniciativas que las propongan los pendejos. Nunca llamó de nuevo el mensajero ni nadie de las cuatro personas interesadas, mejor. Esa noche cenó con los directores de los principales diarios de la ciudad y le dejaron ver muy claro que no pueden seguir negando espacios a la candidata Larrañaga, que se encuentra hospitalizada. Sus lectoras reclaman la presencia de la sirena y no pueden darse el lujo de perder la fidelidad del poco público que les queda. Se lo dijeron claro y directo. También que seguiría teniendo prioridad. Disculpen, ¿a qué lectoras se refieren? No podemos revelarlo, sólo debes saber que son gente de empresas que se anuncian. Bien, les reitero mi amor por la gente perfumada. Antes de esa tertulia, que fue en un lugar de postín, recibió la visita del Siete, esta vez llegó acompañado del Seis, un sujeto taciturno que no ocultaba un iris blanco bajo una cicatriz que atravesaba su ojo izquierdo. Escuchó y observó durante los doce minutos que duró el encuentro sin mover un dedo, mismos que dejaron nervioso al candidato del partido oficial. Con ese par no podría jugar a los vaqueros ni darles largas.

Necesito algo más que un golpe de suerte, Carnicero, los del Sur empiezan a desconfiar y eso es muy malo para la salud.

Sereno, jefe, tampoco a ellos les conviene hacérsela cansada, el fentanilo ha invadido las calles y los centros nocturnos de Estados Unidos sin dejar fuera a nuestro país; los obstáculos a los traficantes se multiplican e invierten más de lo que desean. Necesitan que circule con cierta facilidad en el país y no digamos en el extranjero. En cuanto al golpe de suerte, estoy de acuerdo, pero ésos no llegan solos, se buscan, hay que moverse, provocarlo sin restricciones.

El político reflexiona en lo que acaba de escuchar. Maquiavelo está más vivo que nunca, siente su aliento en la nuca.

¿Alguna idea?

Varias, pero debe perder el miedo; reconozca lo que quedó atrás como pasado y abóquese al futuro; usted sabe que no puede andar con temores o sentimentalismos, ambas cosas nublan la visión de la vida.

Vega Fernández da un largo trago a su vaso y medita. Claro, este viejo asesino tiene razón, si el presente no favorece, menos el futuro. Bien dicen que el futuro no existe.

No ordené que le dispararan a Carmen y no lo haré ahora, Carnicero. Grábatelo.

¿Sabe quién planeó el atentado?

No, ¿tú sí y no me lo has dicho?

Tampoco sé. Aurelio también lo desconoce. Le ofrecí suficiente por el nombre pero ni siquiera sospecha de alguien.

Pues no es asunto nuestro y no quiero que lo sea.

De acuerdo, jefe, pero pierda el miedo; usted sabe que ya no es tiempo de mandarle rosas.

Vega Fernández acaba su resto y reconoce que tiene un poco de temor; no a Carmen, a los del Sur. Ese Seis está cortado con otra tijera y se nota que no tiene un pelo de pendejo.

¿Alguna noticia de Usingalai?

Llevó a su madre a su comunidad. Es lejos. La enterrará allá, con sus dioses y parientes. Si le sirve un consejo, tenga cuidado, esa mujer no va a volver, y, si vuelve, será para vengarse.

Querrás decir: tengamos cuidado.

Exacto, el diablo no duerme y, si duerme, tiene pesadillas.

Bebe de su rusty nail, reflexiona, observa el jardín posterior y a tres guaruras que vigilan; minutos después pone atención a su jefe de seguridad, que espera apacible. Un hombre que no prueba alcohol.

Carnicero, te regalo esta noche, haz lo que te dé tu rechingada gana. Refocílate con tu Costeña, emborráchate, ahora que aún puedes.

Sabio consejo.

El hombre se pone de pie, entiende el mensaje, hace una venia y se retira; en su cabeza hay un compromiso que nada tiene que ver con la Costeña.

Quince minutos después se reúne con los del Sur en el parque cercano. Como es frecuente, unos jóvenes beben cerveza, fuman mota, conversan y escuchan cantantes contemporáneas. En ese momento la voz de Alicia Keys canta "Girl on Fire". El Siete va al grano.

Carnicero, se me hace que tu jefe vale pura madre; no le tengo confianza; cabrón, me aseguraste que el güey la armaba, pero se me hace que es puro cuento.

Mañana inicia su campaña, y dice que va con todo; además su rival sigue en el hospital, lleva dos semanas, quizá muera de esa cirugía.

¿Crees que si cuelga los tenis Vega gane la diputación?

Es lo más seguro, no votarán por un cadáver.

Me dijiste que la cuidaba un vejestorio.

Así es, ahora lo apoyan otros tres, pero son más rucos que él.

Bueno, podemos hacerle un bien al planeta quitando a cuatro cabrones que roban oxígeno y a la vieja. ¿Cómo la ves, Seis?

Es una buena manera de ayudar a Vega, aunque no tengo que la merezca.

Breve silencio.

Entonces vamos por ellos, hemos ejecutado a varios en hospitales y sabemos cómo se debe proceder.

Por nuestra parte sólo yo los acompañaría. No tenemos gente de confianza.

Por eso no te preocupes. Seis, moviliza a gente de confianza; ¿te parece mañana al amanecer?

Dime el nombre del hospital y allí estaremos.

Dos a. m. Usingalai, oliendo a yerbas suaves, llega con los vigilantes de la sirena. Viste de blanco. Nada sexi. Serena, pelo recogido, de mirada profunda.

Hola, señor amenazado.

Señorita, siento mucho lo de su madre.

Gracias. ¿Cómo está Carmen Larrañaga?

Se recupera poco a poco.

Mi madre le tomó gran respeto; por eso vino a avisar que en cualquier momento atacarían el hospital.

Lo supuse, aunque no alcanzó a decirnos.

Por eso estoy aquí; mis dioses dicen que el momento está ante nuestros ojos.

Los Aguijones se ponen alertas. No saben por qué pero les parece que la joven no especula. Hay seguridad en sus palabras.

Gracias, señorita, en honor de Laila, no dejaremos que los asesinos lleguen a la candidata.

Ni la verán.

Expresa Chingaquedito poniéndose de pie. Usingalai sonríe. Luego hace una venia y se retira con pasos suaves.

A las seis de la mañana, desde la ventana del cuarto de Carmen en el segundo piso, Néstor nota que hay movimiento de hombres armados en el estacionamiento. Distingue al Carnicero. Se estaban tardando. Sale al pasillo.

Tenemos visita, deben ser una docena bien armados; recibámoslos antes de que entren.

Ya era hora.

Marciano despierta a Bigote con Patas, que pregunta qué pasa. Ve a los otros en movimiento y no espera respuesta. Por la hora, usan las escaleras vacías. Toman los fusiles de las mochilas alargadas donde los protegen. Antonio recibe la orden de quedarse con la enferma y con las mujeres que la acompañan, Choco y Guille Franco.

Las descargas de AK-47 duran quince segundos. Rompen cristales y las paredes quedan horadadas lo mismo que los chasises de algunos autos. Ruido. Mucho ruido.

Ruido negro.

Los guardias del hospital se resguardan y dejan que los otros se rasquen con sus uñas. No es asunto suyo, lo mismo que la mujer asesinada días atrás.

Néstor, Marciano, Bigote con Patas y Chingaquedito se mueven como en sus mejores tiempos. Tracatera. Los cuatro saben que el único tiempo es el presente y lo viven.

Algunas enfermeras y médicos de guardia observan desde las ventanas. Rostros aterrados. El jubilado se desplaza entre dos autos seguido de Chingaquedito, que está emocionado. Marciano y Bigote con Patas toman posición en otro ángulo. Esperan. Seis invasores avanzan con descaro hacia la puerta y caen acribillados. La vida es un abismo en el que terminas de caer el día que descubres que eres más vulnerable de lo que pensabas.

El Carnicero comprende el fracaso.

Puta madre.

Salgamos de aquí.

Propone el Seis.

El Once, que descargó su fusil sin suerte, los sigue.

Es mejor que el Siete se entere de una vez.

Le marco.

Se ofrece el joven. Abordan una camioneta negra y parten a toda máquina. Chingaquedito dispara. Acierta en las ventanillas posteriores, donde los cristales estallan.

Carmen despierta, al finalizar el tiroteo pide a Choco que llame a Néstor. Se encuentra pálida pero sus ojos han recuperado parte de su fulgor. Ese cariz en que los ojos verdes son una amenaza.

Del Valle reflexiona. No me gusta nada esto. Atiende a Choco, que aparece despeinada. Marciano piensa lo mismo. Bigote con Patas está seguro de que es el preludio de algo más fuerte. Chingaquedito expresa.

Si no le acerté a alguno, al menos conseguí romper los cristales de su carro.

Néstor se pregunta mientras sigue a Yturralde. ¿A qué horas Nerón incendió Roma?, ¿a qué hora debía arder París?, ¿cuántas veces el pez por su boca muere? Qué grandes son mis amigos, son voluntad pura, ganas de hacer. Sin ellos nos hubieran matado a todos.

En la habitación.

Buenos días.

Se acerca a la ventana desde donde se ven los cuerpos de los asaltantes. Sabe que son del Cártel del Sur. ¿Por qué hago lo que hago?, ¿por qué pienso como pienso?

Néstor, escuché los disparos y ahora sí tengo miedo.

Temer es humano, Carmen, pero mientras estemos aquí, no te pasará nada.

También nosotras tenemos miedo, verdad de Dios.

Entiendo. Voy a platicar con mis amigos; Antonio, acompáñame.

Los encuentra relajados.

Ey, pendejo.

Qué onda, pinche Brocha Gorda, ¿pasaste la prueba del añejo?

Sólo la prueba del ácido.

Sonríen.

La candidata tiene miedo.

Está aterrorizada.

Complementa Robles, que la vio despertar, cubrirse la cara, luego se movió un poco y se quedó mirando el techo.

Brocha Gorda, si te interesa mi opinión, creo que debemos sacar a la muchacha de aquí. Los que se fueron seguro regresan con refuerzos y no debemos esperar a que tarde o temprano vengan y acaben con nosotros y con ella.

Aguardemos el parte médico.

Néstor, nosotros acataremos lo que ustedes acuerden.

A las siete aparece la doctora Robledo, cura a Carmen y la ponen al tanto.

Algo me dijeron de la balacera al llegar. Bueno, el estado de la paciente aún es crítico y moverla es ponerla en peligro. Quiero decir que no conviene moverla, quizá de habitación, pero temo que no resistiría un cambio de hospital.

Doctora, verdaderamente está amenazada.

Disculpe, doctora Robledo, la situación es clara, o me matan aquí o me muero por la herida abierta.

Expresa Carmen con voz firme. Se hace un silencio de puñal en funda.

Otra es que renuncie.

En la madre.

Choco impactada.

Verdad de Dios que no.

Así que estoy dispuesta a correr el riesgo.

Robledo observa a su paciente, a la que prácticamente le salvó la vida; no comprende por qué pero llegan a su cabeza aprendizajes de mujeres que sufrieron vejaciones, despidos, bloqueos para realizar su trabajo. Médicas, enfermeras, afanadoras, secretarias. El mundo en que vivimos. Y allí está esa mujer que justamente quiere corregir algo de ese eterno desperfecto social.

Entiendo, mas desconozco hasta qué punto puedo hacerme responsable.

Puede ayudarnos, al menos he visto cómo la atiende. Si me indica qué medicamentos debemos tener, incluso Néstor sabe inyectar.

Una enfermera que entra de turno propone.

Doctora, estoy dispuesta a acompañar a la paciente; como ella, soy serrana y no nos gusta morir cuando otros lo deciden.

Su gafete dice Dalia, es delgada, de estatura regular, de rostro agradable y atrevida. Quizá de cuarenta años.

Robledo mira a la asistente y al resto. Choco se mueve por la habitación y Guille se truena los dedos de las manos. Néstor observa por la ventana intentando encontrar gente agazapada.

Justo en ese momento una ráfaga de balas perfora los cristales.

¡Al piso!

Néstor responde el fuego, los Aguijones entran con las armas dispuestas y disparan a todo lo que se mueve. Más ruido. Entonces Robledo se decide.

Veintinueve

En el trascurso de la mañana la ciudad sabe que la candidata sufrió un violento atentado, poniendo en grave peligro a otros enfermos y al personal del hospital. Los medios locales y nacionales reportan el hecho. Realizan tomas de las ventanas rotas y de las manchas de sangre en el estacionamiento. Los líderes políticos y algunos funcionarios públicos hacen declaraciones en las que reprueban el hecho. Algunos señalan que la candidata está desaparecida. El marido de Robledo informa que su esposa, la doctora que atendía a Carmen Larrañaga, no da señales de vida; no está en su trabajo, no ha llegado a casa y tampoco responde el celular. Piensa que fue secuestrada, al igual que la candidata. El INE nada tiene que decir, sólo que lo lamenta. Camarena, en una entrevista telefónica, deplora el hecho. Vega responde a la misma periodista que desea que la señorita Larrañaga se encuentre en un lugar segura y debidamente atendida; agrega que la violencia es intolerable y que no debería suceder en un país democrático como el nuestro.

Después de esta declaración, lee los periódicos de los directores con los que departió alegremente días antes, y ve en televisión nacional el hecho violento que da la vuelta al mundo. Me lleva la chingada. Musita. Mierda, mi distrito ahora es una mierda. Nada es como antes. ¿Por qué pelean tanto las mujeres?, ¿quieren cambios? Están pendejas.

Cabrón Carnicero, se fue al extremo, todo lo contrario de lo que opinaba Laila. Casi no lo puedo creer, acaba de morir y ya extraño sus consejos, y, para decir verdad, cada que pienso en sus palabras colijo que tenía razón. Ahora entiendo por qué mi madre, que llegó a acumular un poder considerable entre los políticos de su tiempo, siempre la conservó a su lado.

Suena su celular. Responde a Camarena.

¿Qué significa eso que propagan los medios, Vega Fernández?

Dime tú.

Deja de descular hormigas, cabrón.

No me estés chingando, Camarena, no olvides que en los últimos años he financiado la mayoría de tus caprichos, si no es que todos. Viajes, viejas, ropa y varias cosas más.

Cabrón, con eso nos va a llevar la chingada, ¿acaso no te das cuenta? Sin ser muy incisivos, todos los medios nos están juzgando.

Te va a llevar a ti, por pendejo; estás en tu nivel de incompetencia, señor Camarena.

¿Qué te pasa, no adviertes que la estás cagando?, ¿para eso querías ser candidato? Somos el partido en el poder, cierto, pero no podemos comportarnos como salvajes.

Salvajes mis huevos, Camarena, y andan juntos como si nada; y soy candidato porque soy el mejor, el más rentable para ti y para Barragán, basta de hacerse güeyes.

Estás pendejo si crees que dependemos de ti; se te olvida que tenemos el poder, lo más importante en el universo de cualquier político.

No me digas que conseguimos el poder por nuestra linda cara, Camarena, no olvides que también estuve allí; en este momento, existen muchas historias detrás de eso y al parecer no todas son leyendas urbanas; así que ponte las pilas y maneja la situación como corresponde. Debes tener claro que nosotros nada tenemos que ver con lo que le pasa a Larrañaga; así que deja de estar chingando con eso.

Pues me cuesta creerlo, sobre todo por la seguridad que te rodea y el sicario que los dirige.

Tonterías, un hombre como yo necesita protección, y punto.

Están entrando llamadas hasta de periodistas amigos.

Que conteste la vieja fodonga que tienes como secretaria.

Ahora le dices así, pero bien que tuvieron quereres.

Ésa, la que nos hizo hermanos.

Estás bien cabrón, Vega Fernández, esto no le va a gustar a nadie.

No te equivoques, Camarena, y no digas pendejadas. No olvides que los duros me apoyan.

Corta y, aunque quiere pensar lo contrario, no se siente seguro. Sabe que la política contiene fuego, mucho fuego, y que muchas veces quemarse resulta inevitable.

Es muy temprano pero se sirve un trago doble. Recuerda a un viejo político que se refirió a eso como fuego amigo.

Como si fuera poco, a media mañana recibe una llamada de un número desconocido que responde por inercia.

De manera que compraste un espejo nuevo, ¿eh, pendejo?

¿Quién eres? Porque a mí no me vas a asustar con el petate del muerto.

En eso tienes razón; no te vamos a asustar, y ni siquiera verás el petate porque el muerto vas a ser tú.

Corta.

¡Tu puta madre!

Grita el político y lanza el celular al piso, donde rebota pero no se rompe.

Los guaruras que vigilan metros afuera tocan la puerta. Después de lo ocurrido en días pasados temen que haya entrado alguien; hasta los alimentos son registrados.

¿Todo bien, patrón?

Sí, sólo mantengan los ojos abiertos y a cualquier cabrón que vean dispárenle.

Luego llama al Carnicero, que en ese momento rumia cómo cazar a Néstor del Valle, de quien no ha conseguido información. Si lo mata, seguro sus amigos se borran. Sin embargo, el tipo debe ser cosa seria; ambos ataques al hospital fracasaron; el Siete y el Seis no lo podían creer y ahora quieren tomar el asunto en sus manos, lo que significa asalto a mano armada, sálvese quien pueda. El Once aprende rápido y está listo. Pone al tanto a Vega, que poco a poco va perdiendo el color.

¿Quieres decir que repelieron dos ataques del Cártel del Sur?

Ni más ni menos; podría decir que nos enfrentamos a verdaderos demonios.

Creí que era una caterva de viejos artríticos.

Eso pensé también, pero son otra cosa.

Podrían pertenecer a alguna agencia de seguridad; investiga, no creo que haya muchas en la ciudad.

Es poco probable que tengan alguien con ese perfil, jefe, debemos averiguar a fondo. Lo que sí, es que son un equipo preparado y muy cabrones.

Qué manera de valer madre, Carnicero; ¿y qué dicen nuestros socios del Sur?

Están entre encabronados e intrigados.

Pues no han transferido un dólar.

Creo que el encabronamiento es con usted.

¿Conmigo? Pero si los que no han cumplido son ellos.

Si me quiere oír, tenga cuidado. Estos compas no tienen alma, podría decir que nacieron sin ella.

¿Quién es el Seis?

El estratega, un exmilitar de alto rango que renunció al ejército para integrarse al Cártel del Sur.

Me lleva la chingada.

Se abre la puerta. Entra un guardia. Lo siguen el Siete y el Seis.

Vega Fernández los mira y cuelga sin despedirse.

Morir de miedo es como morir de amor.

Comenta Carmen, quien viaja en una ambulancia acompañada de Choco, Guille, la doctora Robledo y la enfermera Dalia, que consiguió el vehículo. Conduce Antonio. De copiloto, Néstor del Valle lanza al monte otro celular del Oxxo, de donde llamó a Vega Fernández.

El doctor Adame, un gran amigo, dice que nosotros confundimos el amor con las ganas de cagar.

Comenta Choco.

Qué vulgaridad.

Opina la doctora.

Viajan por una carretera secundaria de poco tránsito donde no hay casetas de peaje y a baja velocidad para afectar lo menos posible a la enferma, que no ha pegado el ojo desde el escape. Pensaron en una habitación discreta en el hotel donde trabaja Dashiella, pero desistieron. Los autos de Megan no son cómodos.

Pues eso dice.

Y, Carmen, ¿por qué piensas eso?

Porque ambos obnubilan, y no pocas veces resulta imposible controlarlos. Esta canción, por ejemplo:

Y mientras se juzga mi vida
No veo más que una salida

En contra de mi corazón
Morir de amor.

Órale.

Choco sonríe.

La doctora aceptó apagar su celular hasta que estuvieran en una casa de campo a noventa kilómetros de la ciudad, propiedad de la enfermera. Después de más de una hora de viaje rumbo al sur, entran a una zona montañosa y ella envía un mensaje a su esposo. Estoy bien. Me vine con la enferma. En cuanto la instale regreso. Besos en la calva.

Cuando el marido lee esto último sabe que es cierto y se tranquiliza. Hace las llamadas necesarias para indicar que su esposa se encuentra bien.

¿Quién fue Sergio Ortega?

Un historiador muy importante, especialista en los jesuitas. Tomé un seminario con él en El Colegio de Sinaloa. Qué bueno que preguntas, todos deberían saber por qué algunas personas dieron nombre a las calles y a las plazas.

Sé quién es Inés Arredondo.

Antonio López Sáenz fue un gran pintor y ahora da nombre al parque donde caminas. La calle de atrás se llama Jaime Martuscelli, un distinguido médico.

Las calles y las plazas son como una provocación histórica y cultural.

Podría decirse; oye, Néstor, con tanto relajo dejamos de pensar en los apellidos vegetales.

¿Montes podría ser?

Creo que sí; de Robles estoy seguro, pero no de Robledo, el apellido de nuestra doctora.

Leí la novela *La velocidad de tu sombra*, donde el policía se apellida Pitahaya.

¿En serio? Qué raro.

Carmen, ¿solicitará protección al INE?

No lo creo, doctora, pronto serán las elecciones y deben estar trabajando en eso.

Detrás de la ambulancia viaja la camioneta de los Aguijones. Dalia recibió la casa como herencia y la utiliza con frecuencia.

Suena el celular de Antonio, que encendió después que lo hiciera la doctora. Escucha, murmura a Néstor, quién llama, y se lo comunica.

¿Carnicero?

¿Eres tú, vejete? Vas a chupar faros, cabrón, ya verás.

No te temo, Carnicero, sé que nos vamos a encontrar y no puedo asegurar que alguno de los dos salga con vida.

¿Me estás cantando un tiro, vejete?

Estoy leyendo tu destino, Carnicero; Laila, a quien mataste arteramente, fue mi maestra.

Pues te va a cargar la chingada igual que a ella, pinche vieja traidora.

Corta. Suena de nuevo pero no responden.

Media hora después siguen por un camino angosto en medio de un bosque de *pinus pinaster*. A los pocos minutos avistan una hermosa casa de madera, porche, techo de dos aguas, dos ventanas al frente, granero. La cuida una pareja madura que habita una vivienda aledaña, cuya chimenea humea. Son familiares de Dalia y gente de confianza.

Néstor respira profundo. Se anima. Sabe que está cumpliendo y confía en que Carmen se pondrá bien. El cornetero vive.

Treinta

Vega Fernández intensifica su campaña. Los acarreados suman cientos. Reparten morrales, playeras y gorras con su nombre y su mensaje: "El Bueno". Pandora y Camarena trabajan para que triunfe. Invierten, porque el Cártel del Sur aportó sólo veinte mil dólares y amenazó al candidato si no cumplía sus deseos. El Carnicero asegura que con el ataque ahuyentaron la plaga y que, seguramente, Carmen había empeorado o estaba muerta. De lo que está seguro es de que no había sido recibida en ningún hospital local ni de las ciudades vecinas. Carlos Felipe se siente pleno. Pasa noches de buen humor y cada día se siente más confiado en derrotar a Carmen en las urnas, lo mismo que a la chica del Blanco y al barbarroja del Azul. Sin embargo, el equipo de las trampas está preparado. No necesitan a Perro Viejo para el trabajo y, si se requiere, podrían secuestrar a los representantes de los otros partidos, darles un susto y soltarlos por la tarde.

Todo está previsto.

Afirma Vega Fernández.

El Carnicero lo escucha. Le importa poco lo que pase, en cuanto pueda se largará a la sierra, de donde nunca debió salir, piensa. Si la Costeña quiere seguirlo, bien, de lo contrario, que la bendiga Dios. No se está precipitando, ocurre que se encuentra en el límite y no quiere más. En ese momento sólo le interesa volver al origen. Cierto, dejará que pasen las elecciones y después se marchará. ¿Avisar? Claro que no. Al chofer silencioso se lo dirá justo antes de partir. Él decide dónde continúa su vida.

La Rusa, Cissy y demás amigas no están seguras de la situación, confían en que Carmen esté viva. Ni Choco ni la Guille Franco han llamado. Sin embargo, mantienen una guardia en la casa junto con las señoras de la calle Sergio Ortega. Flor Almada aparece una tarde con varias bolsas de alimentos y un mensaje de aliento. Le informan que nada saben, pero que están seguras de que la candidata está viva.

Pues no se rajen, muchachas; nuestro país debe tener legisladores trabajadores y bien intencionados; pongamos fin a los levantadedos y consigamos escaños para las mujeres. Apoyemos a Carmen Larrañaga, aunque no sepamos dónde está ni cómo está.

Gracias, señora.

En la casa de campo aparecen, la mañana del segundo día, dos familiares de Dalia, uno joven y el otro mayor. Visten jeans, gruesas camisas de franela, viejas chamarras de cuero, botas de punta cuadrada y llevan sombreros Stetson. Llegan en una doble cabina. La enfermera los recibe. Se abrazan. Conversan. Desde una ventana los Aguijones se mantienen alertas. Bajan una caja de quesos con tortillas de maíz y otra con manzanas, duraznos y chabacanos. Las dejan en el porche junto con una garrafa de mezcal y dos de agua. Se abrazan de nuevo y se marchan. Dalia pide a Néstor que lleven los comestibles a la cocina.

Veo que son tus familiares.

Así es, y por favor no se preocupen, ellos cuidarán el perímetro; no permitirán que se acerquen militares ni malandrines. Son muy respetados. Algo parecido les dice a las mujeres.

La tarde que concluyen las campañas aparece la hija del senador. Se ofrece para realizar cualquier cosa por su amiga.

De noche, en una camioneta de los parientes de Dalia, Antonio y Choco regresan a la doctora para que pueda ver a su familia. Consiguen las medicinas que indicó y les sorprende que los llame para volver con ellos. Así que para la hora del desayuno, la camioneta aparece con medicamentos, alimentos, cerveza y la doctora, algo que provoca la alegría del grupo, que reparten una ensalada de frutas y suficientes quesadillas, cocinadas por la esposa del guardián de la casa; una mujer, que, al enterarse del atentado, se sumó.

Carmen, serrana de corazón, canta a bajo volumen un viejo corrido.

En el rancho de Huixiopa,
ustedes recordarán,
que el señor Valentín Félix
le disparó por detrás

la carga de su pistola
a don Leonardo Payán.

Los Aguijones sonríen, le han tomado cariño a la joven. La sirena experimenta una sensación de alegría, de seguridad, de estar en lo correcto, que hacía mucho no experimentaba. Choco le comparte noticias de los periódicos que llevaron. Le agrada ser un misterio. También la doctora está optimista, cree que pronto cerrará el abdomen de la paciente, que ha demostrado disciplina y tener buenos genes.

Mientras se echan un mezcalito y beben cerveza, los amigos conversan.

Brocha Gorda, ¿por qué nunca quisiste colaborar con nosotros?

Me gustaba el trabajo del museo.

Hasta que quisieron ponerte un cuatro.

Nos caías bien.

Todo lo hacía perfectamente el cabrón.

Ustedes son tan capaces que en ese tiempo no me necesitaban.

Nunca entendí ese afán por cuidar un museo al que van más niños que adultos.

Este pinche Brocha Gorda es un caso raro, y la verdad por eso te seguimos hasta aquí, bien puestos para romper culos y lo que se ofrezca.

A huevo.

Y que Chingaquedito se coma todas las quesadillas que no se había comido en su vida.

Para qué digo que no si sí.

El domingo son las votaciones. La doctora Robledo dice que la candidata está mejor y que en unos días podrá cerrar la herida. Después de eso, esperemos que se acaben las broncas.

Con el bajón que les dimos a los del Sur, ¿crees eso, Brocha Gorda?

Intervino Bigote con Patas.

No.

A mí no me vendría mal algo de práctica, y aquí en este paraíso todo está muy tranquilo.

Gracias por esa disposición, Chingaquedito.

Entonces ¿qué está pasando con los del Sur?

Significa que el asunto está en negro.

Se la van a pelar.

La que me tiene asombrado es Cissy; oye, nunca había pensado en la chinga que es ese trabajo; pobres morras.

Llevó un pastel delicioso.

Marciano, igual que nosotros trabajan en la calle. Pero a ellas sí les va de la chingada. No se compara con nuestro trabajo.

Yo me chingué a varios padrotes que les pegaban a sus pupilas; a uno de ellos lo capé por cabrón.

Así es, amigos, como ven, las leyes son necesarias, serán una poderosa protección para todas las mujeres.

Eso si se aplican.

Con Carmen Larrañaga en el Congreso, los jueces lo tendrán presente.

A mí la que me partió el corazón fue…

¿A poco todavía tienes?

Déjame hablar, pinche Chingaquedito; les decía, la que me partió el corazón fue la viuda del poli, con qué sentimiento habla; dan ganas de decirle, señora, señale a un hijo de su puta madre y ahora mismo vamos y lo dejamos como coladera.

Es cierto, pobre mujer; aunque su marido hubiera sido un hijo de la chingada, ella no merece vivir así.

Además es una maga para cocinar quesadillas.

Vega Fernández trata de comprobar que no es cartucho quemado y que tendrá los votos para seguir en la Cámara, aunque los compre, y que podrá evitar que el partido sea arrastrado en esa pequeña catástrofe. El líder nacional le dejó claro.

Si dejas de ser rentable, no podemos respaldarte. Es una orden desde arriba.

Gulp.

El Carnicero se mantiene cerca, lo mismo que siete de sus hombres. Sus armas, aunque no están a la vista, se notan.

Vega Fernández bebe rusty nail, reflexiona, una vez más reconoce que matar a Laila fue un error. Le llega un recuerdo. Dos.

Esos cabrones tienen mis fotos con Usingalai. Si las publican, me chingué. Ya parece que veo a la marquesa gritando en mi cara que no tengo remedio, que de nada valió su esfuerzo por tenerme satisfecho; eso si vuelve.

En la montaña, Néstor decide que no publicarán las fotos, pero no lo comenta. Saca su libro negro, observa su página favorita y experimenta un torbellino en los ojos.

Treinta y uno

Dos días después del escape de la banda, un grupo de doce pistoleros al servicio del Cártel del Sur llega a la calle Sergio Ortega en tres trocas negras con vidrios polarizados. Los siete vecinos se encierran. Magui, Chita y la Comadre se encuentran reunidas en casa de la segunda, que tiene un hermoso jardín, y se resguardan en las esquinas de la sala. En el domicilio de Carmen apagan luces y nadie saca la cabeza. La casa de Néstor sigue sola. Una docena de seguidoras permanece en el jardín. Se paralizan ante el despliegue de fuerza de los invasores. Los sureños bajan de las trocas con armas a la vista pero solamente el cabecilla, conocido como el Once, con un cuerno en la diestra, entra a la casa de la sirena sin anunciarse. Todo es muy rápido. Antes, con una descarga. Rattt. Destruye un *banner* con la foto de la candidata colocado cerca de la puerta.

La Rusa, Cissy y otras dos lo reciben en la sala. Nerviosas. Se ponen de pie. Beben café y saben que pronto su líder estará con ellas. Han conversado de todo. El hombre viste de negro, rostro cobrizo y afeitado, ojos claros, fríos, sostiene el AK-47 sin apuntar a nadie. Es joven. Ellas, que han vivido de todo, tienen cuidado pero no temor.

Siéntense, mi intención no es dispararles, al menos de momento.

Cientos de alfileres sombrean sus cabezas. Continúan de pie.

Busco a Carmen Larrañaga.

¿La busca aquí? Creemos que ustedes la raptaron del hospital y esperamos que aparezca, viva o muerta. No nos venga con que no sabe.

La Rusa habla mirando unos ojos que no parpadean. Conserva su taza en la mano.

Cállese el hocico, pinche vieja; si la hubiéramos raptado nosotros ya estuviera en el infierno.

Pues nosotras no sabemos dónde la tienen ustedes o los que se la llevaron.

Queremos verla.

Agrega Cissy.

Pues nosotros también, y a los rucos que la cuidan; si vienen, díganles que nos los vamos a chingar, que el Cártel del Sur no perdona, y menos cuando nos mataron a quince compañeros.

Habla muy seguro de sí mismo, sin alzar la voz ni alardear.

Cissy va a responder pero el visitante continúa.

Y el viejo pendejo que la gira de jefe muy pronto va a chingar a su madre. Quiero que lo sepa.

Pendejo tú, malnacido. Piensa la Rusa pero no lo dice. Cissy es la que no aguanta.

¿Tú y quién más harán esa hazaña?

El tipo hace la finta de golpearla pero se detiene. Le llama la atención que Cissy no se mueve.

Vaya, vaya, así que muy felona.

Me han pendejeado tanto que un chingazo más es un chingazo menos.

El muchacho las mira, mueve la cabeza indicando pinches viejas no tienen remedio, y se marcha pronosticando.

A todas se las va a llevar la chingada.

Las mujeres caen sobre los sillones deseando un trago de algo fuerte.

Una de las chicas saca una botella de tequila y cada quien bebe suficiente hasta darle mate.

Aquí no se raja nadie, candidata.

Exclama la Rusa como si tuviera a Carmen enfrente. Las otras afirman.

Agüelita de Batman.

En casa de Dalia siempre está la chimenea encendida. La región es fría. La doctora ha consentido que Carmen ocupe un sillón de cuero con almohadas. La sirena sabe que está en la presente situación por voluntad propia, pero se encuentra desconcertada.

Hasta dónde he llegado. Cuando tuvimos la idea en aquel café no imaginé lo que iba a pasar. ¿Hubiera desistido? No, estoy segura. Sigo en esto por convicción y si muero será en la raya. ¿De dónde surge esa expresión? No tengo idea, ¿cómo la ves, abuela? Aquí anda la hija de tu hija en estos días rapaces, como les llama Néstor. ¿Te digo algo? Estoy bien jodida pero no voy a dimitir. Somos serranas y somos tercas, afirma Dalia, y a mí me sobran genes para seguir adelante. La política no tiene nada de juego, como decías, esto es una guerra absurda que va ganando la muerte. Te juro que a veces no entiendo nada. Observo a quienes me rodean y sólo veo cariño, esperanza y a unos señores dispuestos a tronar sus armas por la causa; así que no me voy a echar para atrás.

Pide a Choco que se acerque.

Me gustaría hablar con Vega Fernández.

Yturralde la mira con ojos desorbitados.

¿Estás segura?

Sí.

Néstor, que ha escuchado, se aproxima a la enferma.

Señorita Larrañaga, acepto que nos salimos de los límites, que caímos en la provocación porque esos tipos no fueron a llevarte flores; ahora el asunto es claro, el problema no es con Vega Fernández, recuerda que ya terminaron las campañas, es con el Cártel del Sur, y a ellos no podemos proponerles ninguna tregua porque no la van a aceptar; esto se siente bien candente y no es buena idea llamar a nadie ni responder los celulares. El Carnicero dijo presente para amenazar pero lo cortamos.

Carmen habla despacio.

Néstor, me cortas las alas, ¿cómo vamos a enfrentar tanto derramamiento de sangre?, ¿derramando más?

Hay un breve silencio que rompe Choco.

Carmen, tampoco me parece conveniente. Además, no es fácil llamar de aquí, no hay conectividad. Te informo que la doctora Robledo y Antonio fueron a conseguir una sala de hospital para cerrar tu panza. Eso es lo más importante.

Dalia, que está presente, sonríe y afirma.

Pronto podrá chirotear, señorita; creo que hasta el clima le cayó bien. Acuérdese que los serranos provenimos de sobrevivientes, vivimos siempre al límite.

¿De dónde mero eres?

Mi ranchería está más alta y lejos que la suya. Allí hace frío todo el año y ninguna mujer se afeita las piernas; pero mi abuelo materno era de aquí y como al final de su vida lo cuidé me heredó esta casa.

Quiero que sigas con nosotras hasta el final.

Ya dijo.

Y en el Naranjal tampoco nos afeitábamos.

Enseguida entona.

Cuando canto yo,
Canto por tu libertad…

Luego sonríe, cierra los ojos y se queda quieta.

Néstor sale a reunirse con los Aguijones, que beben mezcal. El guardián les pasó una garrafa completa y su mujer les sirvió más quesadillas con frijoles refritos. Están felices. Antonio los acompaña.

Néstor, busqué Robledo en el diccionario, significa sitio poblado de robles. Entonces, es el mismo caso de Monte.

Pues incluye los dos.

No entiendo ni madres lo que dicen pero sí puedo decir salud.

¡Salud!

En su casa, Vega Fernández se sirve un rusty nail y se relaja. Se siente bien. No tiene la presión del Siete y ya no verá a la marquesa. Llamó horas antes, le mentó la madre y le anunció que lo dejaba para siempre. ¡Uf! Hace unos minutos habló el marido. Lo sintió en los testículos. Le confió que siempre supo de su relación y que no le guarda rencor, pero que prefiere alejarla, porque le confesó odios inesperados a personas que nada tenían que ver con ellos. Sobre todo a una mujer. Vega le dio las gracias, no quiso preguntar ni imaginar a qué se refería y cortó. Qué cosas, Maquiavelo. Recuerda a Usingalai, la imagina desnuda y se hace el propósito de encontrarla.

Donde esté, daré con ella.

Treinta y dos

El Siete y el Seis, con gesto duro y algunos secuaces, entran en la casa de Vega Fernández como una tempestad, a empellones quitan del camino a los guardias, que, desconcertados, les dejan franco el paso. Bienvenidos.

Vega Fernández escucha el estruendo, sabe que son ellos y espera con un vaso de whisky en la mano. Poco sabe de límites porque toda su vida fue un protegido; sin embargo, percibe que, si la vida es un partido de futbol, se encuentra en tiempo de compensación y no resta mucho. Esta noche han ocurrido cosas inesperadas, y la menos lacerante es la del líder nacional de su agrupación política, que, además de llamarlo inepto y estúpido, lo amenazó con expulsarlo del partido y quitarle toda posibilidad futura de participar en elecciones. Será Dios el güey. ¿Cuántos políticos han cambiado de partido sin que pase nada?, ¿cuántas veces ha cambiado él mismo? Ni las cuenta; además, el Carnicero le anunció que regresa a la sierra; así, con la excusa de que su ciclo había terminado, que eligiera un jefe entre los muchachos. Espera en la sala, de pie, frente al ventanal que da a ese bello jardín levemente iluminado donde continúan sus vigilantes.

El Siete llega hasta él y lo gira con violencia para que se vean de frente. En el movimiento se le cae el vaso, que se rompe, pero el líder del Cártel del Sur ni siquiera mira el piso donde se derrama el contenido. El Seis observa, como si no le concerniera.

Vamos a ver esto, Vega, tenemos que decidir varias cosas, nos han dicho que la cagaste gacho y que no tienes ninguna probabilidad frente a esa pinche vieja que ya nos costó quince efectivos y que nadie sabe dónde está; pero eso lo vamos a arreglar nosotros, como se arreglan estas cosas; ahora, dime tú, político de mierda, ¿puedes ganarle a esa moribunda? Porque todos dicen que ni madres, que tu tiempo como diputado se acabó; y si no le puedes ganar deja de hacerte pendejo, nos regresas el dinero que te dimos ahora mismo o no sales vivo de aquí.

Señor Siete, deje de amenazarme como si fuera una de sus víctimas. Recuerde que usted dijo que esto era un negocio y los negocios tienen altas y bajas; por lo tanto, le pido que me escuche.

Pues yo te busqué porque quiero que mi negocio tenga puras altas.

Carlos Felipe comprende que está perdido, pero le importa un pepino. Meterse en las patas de los caballos tiene ese riesgo. Al Siete no le agradan sus palabras, sin embargo, decide escuchar lo que tenga que decir. El Seis comprende que cualquier cosa que diga Vega será una necedad. Sólo quiere ganar tiempo. Está al tanto de que concluyeron las campañas e investigó el perfil del sujeto. Un oportunista.

Seré claro; quíteme a esa vieja de en medio y ganaré las elecciones, así de sencillo; esa mujer es una ilusión.

¿Una ilusión?

Sí, una ilusión de muchas mujeres que la siguen, engañadas.

¿En serio, tan fácil? Pues ya está, sólo que debes decirme dónde la encuentro. Unos cabrones tienen acaparadas las rutas del fentanilo y las queremos, ¿comprendes? Esto es un negocio y así debes entenderlo.

Me queda claro, y usted sabe qué parte debe resolver, para todo lo que se puede conseguir; quince pérdidas humanas es una vil morralla, lo mismo que los veinte mil que me transfirió y que repartimos en dos minutos.

Eres un hijo de la chingada, Vega Fernández, y aunque me cagues tienes razón. Sólo falta que me digas el paradero de Larrañaga; si no lo consigues, ya chingaste a tu madre.

El Siete mira al Seis un instante. Entiende que no está de acuerdo, que no cree una palabra de Vega Fernández, pero opta por esperar.

Me han dicho que aquí la vieron hace dos días.

Revela el político, escribe una dirección en un papel y se los pasa. El Seis lo mira con desconfianza.

Se marchan. Carlos Felipe se sirve otro trago. Espero que la marquesa y su mariachi aún estén en casa. Porque tendrán visitas.

El trabajo de la doctora Robledo es un éxito.

Carmen continúa en la casa de campo pero está inquieta. Su deseo de regresar a su casa se acrecienta. Duerme suficiente y llama al equipo completo.

La verdad es que todos quieren salir de allí, hasta Bigote con Patas, al que le gusta el paisaje. Como es sabido, los hombres de acción se marchitan si les falta actividad. Sólo Néstor se mueve con otros resortes, pero sus amigos requieren de algo más que buena comida y mezcal. Choco y Guille acompañaron a Carmen al hospital, lo mismo que Dalia, Néstor y Bigote con Patas. Ahí hablaron con la Rusa y Cissy y se enteraron de la visita del pistolero pero no lo comentaron con el resto. Se acomodan para escuchar a la candidata que podría ganar las elecciones en un par de días. Yturralde también conversó con Perro Viejo, que vigilará, con un grupo de incondicionales, las casillas del distrito. Aunque todo está planchado, nadie confía.

En primer lugar, doy las gracias a todos. A Antonio, que ha sido nuestro chofer y que ahora anda llevando a la doctora Robledo con su familia. Espero que no lo corran de la universidad.

El esposo viene por ella y se encontrarán a medio camino; así que pronto estará de regreso. En la universidad pidió permiso.

A Marciano, tan especial y simpático.

¿Cómo lo supo? Nosotros nunca lo hemos notado. Es un maldito bulldog.

Sonrisas. Marciano hace un gesto de agradecimiento.

A Bigote con Patas, cuyo apodo se explica por sí mismo.

No es apodo, es su nombre de pila.

Nació bigotón el güey.

A Dalia, que nos facilitó esta linda casa donde me he repuesto más rápido, y me ha atendido como verdadera amiga.

La mujer se pone de pie y se inclina con respeto.

Del Valle recuerda que así agradecía Nyomi. Espero que mi casa esté bien y sus cuadros en su lugar.

A Chingaquedito, que es el guapo del grupo y, según me cuentan, un tirador muy certero.

¿Escucharon? Espero que lo reconozcan, trío de calaveras. Gracias, señora; usted sí sabe valorar.

Cállate, huevón.

Un agradecimiento especial para Néstor, a quien conseguimos sacar de su retiro para cuidarme como un verdadero padre.

Y el maldito nos arrastró a este paraíso donde el aburrimiento se cura con mezcal y quesadillas.

Hubo mucha diversión.

Señora, con su permiso, doy gracias a la doctora que me curó del sueño en un par de días.

Creo que fue el mezcal.

También agradezco a ustedes, muchachas, han estado conmigo como verdaderas hermanas.

Hermanas de causa, verdad de Dios, y de lo que haga falta, Carmen Larrañaga.

Pinche Carmen, no seas cabrona, me vas a hacer llorar.

Pues llora.

Si me ven que estoy llorando
Es que a solas voy sacando
La nostalgia que ahora vive en mí...

Órale.

Qué sensible. Lástima que no puedo cantar fuerte. Bueno, espero que esta aventura esté llegando a su fin. En dos días son las elecciones y según Antonio vamos arriba en las encuestas. Así que pensemos que podemos estar en la ciudad, incluso en nuestras casas, con todo y Cártel del Sur. La vida tiene momentos en que debes sacar la casta y éste es uno de ellos.

Néstor valora rápidamente la propuesta. ¿Acaso a Carmen le parece benigno el viento que sopla? Porque él ve bastantes nubarrones.

Brocha Gorda, nosotros estamos hasta la madre de los pinos y esas cosas; somos conscientes de que regresar tiene sus dificultades, sin embargo, jalaremos contigo hasta que todo quede en su lugar.

Tengo ganas de unas quesadillas.

Gracias, Marciano, vamos a estirar la liga y confiemos en que no se rompa.

Este cabrón no tiene llenadera.

Chingón.

Agrega Marciano.

Entonces ¿les parece que volvamos mañana?

Antonio llega esta tarde, así que sin problema.

Pues ya está, sólo esperemos que las puertas del infierno estén cerradas.

A las 10:00 p. m., Vega Fernández duerme en su sillón favorito. Ronca. Le gusta el rusty nail porque lo relaja y cuando se toma tres casi siempre se queda dormido. Una hora después una voz lo despierta. ¿Será un sueño?

Carlos Charlie, el bello.

Treinta y tres

Un día después, mientras toma un desayuno abundante a base de huevos, tocino, chorizo y pan, el Siete conversa con el Seis, que bebe café con una rebanada de jamón con chile. Están en su casa, una mansión ubicada en un barrio exclusivo de una ciudad donde el sol matutino es diferente al vespertino. La vigilancia del inmueble es nutrida. Hombres y equipo electrónico. No tiene esposa ni hijos.

Ese cabrón nos engañó, nos chingamos a un empresario de medio pelo y a su mujer, además de las dos señoras que trabajaban con ellos.

El Siete habla masticando.

Como yo lo veo, perdimos veinte mil dólares, más los hombres; ahora tenemos que esperar a que pasen las elecciones y elegir un diputado que trabaje para nosotros. Estarán ocupados intentando cambiar la Constitución, pero siempre hay un ambicioso y ansioso por ganar un extra, ya verás.

Entonces ¿qué hacemos con este cabrón?

Esperar a que pierda, entonces le cobramos los veinte mil, aunque no nos pague.

No te ablandes, Seis, en este negocio al que se apendeja se lo lleva la chingada.

El Seis mastica despacio y bebe café. Jamás le han gustado los arranques del Siete; fue el destino quien los puso de socios y espera resistir lo más posible. Su relación era con el Cuatro, que lo llevó a la organización, pero lo acribillaron en un antro de postín.

Sigo pensando que debemos tomar las cosas con calma.

A poco crees que el güey es más chingón que nosotros; por lo demás, el Carnicero se largó para su rancho.

No se saldrá con la suya, estoy seguro.

Estás bien cabrón, mi Seis, sobre todo cuando piensas como militar.

Jamás niego la cruz de mi parroquia.

Desde la puerta del comedor, la cocinera con un celular en la mano.

Señor Seis, alguien insiste en hablar con usted, es la quinta vez que marca.

Mujer, ya sabes que no me gustan las interrupciones mientras comemos.

Ordena el Siete.

Tranquilo, no ignoran que no uso celular y por lo mismo llaman al tuyo. Saben que trabajamos juntos.

El Siete hace una seña a la señora para que se acerque, toma el teléfono.

Seas quien seas, llama dentro de un rato.

Corta.

Y permítenos desayunar tranquilos; me falta un par de tortillas, apúrate.

Tras la ventana, se impone una mañana típica de una ciudad desarrollada que no es Nueva York ni Montevenus.

En la carretera, los Aguijones analizan meticulosamente la situación. La noche anterior decidieron avanzar, después de una larga conversación sobre los pros y los contras de volver y meterse al avispero que es el Cártel del Sur.

Yo no soy bueno para trazar estrategias.

Confiesa Chingaquedito.

Ustedes me conocen y saben que mi virtud es otra, pero estoy puesto para enfrentar a esos desgraciados como sea y donde sea. Estoy de acuerdo con que el Carnicero es otro frente y que el ataque puede provenir de ambas partes, pero igual debemos esperarlos y batirnos con ellos.

Marciano afirma. A su gran amigo nunca le llamó la atención elaborar tácticas; no obstante, ha expresado todo lo que necesitan saber para salir, en caso de caer de un atolladero típico del oficio.

¿Cómo ves, Bigote con Patas?

Chingón. Aunque no me gusta derramar sangre a lo pendejo, Chingaquedito tiene razón; no hay mucho que maquinar, ellos vendrán por nosotros. Me gustaría encontrarlos en otra parte, no me parece un hospital o que la casa de Brocha Gorda sufra una embestida.

Si quieres acordamos un campo de batalla y la hora a la que nos vamos a dar en la madre.

Así era antes.

Anoche estuvo Brocha Gorda con nosotros, sólo tenemos que decirle que nuestras armas están aceitadas.

¿Hablas de las mías? Porque no he visto a ninguno de ustedes ocuparse de algo tan elemental como el cuidado de sus fierros, instrumentos que les pueden salvar la vida.

Igual somos los pinches Aguijones.

Y mis pelotas.

Silencio. Poco tráfico en la carretera.

En la X-Trail de Choco viaja el resto. Suena el celular de Néstor del Valle, que viaja de copiloto. Su ejecutivo bancario busca a Camilo Granados. Lo deja sonar.

¿Es la mujer de las amenazas?

Es del banco; ella no ha llamado de nuevo.

Razón poderosa para que te mantengas más alerta.

Carmen duerme detrás de Néstor. Choco y Guille viajan en silencio. Dalia eligió quedarse unos días con su familia.

Bien, no es difícil prever los pasos de los delincuentes; lo sabemos nosotros que en una época tuvimos que verles la cara todos los días, algo que ahora sólo Chingaquedito busca.

Vaya idea que lleva adelante ese señor.

El único hombre de acción que es dueño de un sentido de justicia. Diría el doctor Diego Valadés, "sabe dirimir los conflictos de manera razonable". Claro, no se refería a los métodos violentos, sino a la aplicación de las leyes.

Y fanático de las quesadillas.

Y el mezcal.

Risas leves, amistosas.

En ese momento, Carmen Larrañaga despierta. Observa el paisaje vegetal.

Lo primero que haré será tomar un baño. Mi pelo es un desastre y mi cara parece pergamino.

Mira nada más, ¿estás escuchando, Guille Franco?

Verdad de Dios.

Apenas la han declarado fuera de peligro y ya quiere ir con Francis; así se llama tu estilista, ¿verdad?

No exageres, sólo me voy a bañar, huelo a botica.

¿Y qué esperabas, oler a perfume Chanel?

Nada, sólo me bañaré y ustedes me ayudarán.

Reflexiona. He llegado lejos, no sólo en mi vida sino en este proyecto con el que pretendo contribuir para que la indefensión de las mujeres vaya disminuyendo. La lucha es contra una forma de pensar, contra una concepción cultural que siempre nos pone en desventaja. ¿Cuánto tiempo nos tomará conseguir la verdadera igualdad? Espero que no sea mucho. No puedo ignorar que estuve en peligro de muerte y que aún no termina. Es horrible pensarlo pero así es. El INE se perdió, espero que hayan protegido a algunas candidatas; dice Antonio que la prensa reporta más de setecientos afectados, entre muertos, retirados, amenazados y heridos. Quizás han sido las elecciones más violentas de la historia.

Recuerda ligeramente el impacto y cómo cayó encima de Choco Yturralde. Que leyó el cuento "Río subterráneo" de Inés Arredondo. ¿Y los relojes de Dalí?, ¿qué significan? Villalpando, hablamos del tema cuando tomamos café.

El paisaje la cansa. Cierra los ojos.

¿Hasta dónde pueden protegerme Néstor y sus amigos? El vecino ha tomado su responsabilidad como un asunto de familia. Imaginen, ni sabía que podía contar con él. Fue un gran hallazgo. Es un tesoro. Perdón, papá, pero es mucho mejor que tú. Y sus amigos. Son tremendos, no se tientan el corazón para disparar; también son divertidos. Hombres de sangre fría que saben cómo sopla el viento. Me cuesta admitir que eso haya ocurrido a mi alrededor por mi idea de ser diputada, por mi idea de ayudar a que las mujeres dejemos de ser víctimas propiciatorias.

Probablemente estoy marcada. Es increíble cómo nuestro contrincante generó un campo de enemigos. Estoy en el filo de la navaja. Ya dije que no lo esperaba pero llegó; así, con eso o sin eso, voy a hacer mis propuestas en la Cámara. Las encuestas señalan que ganaremos, y no hemos pagado por ellas.

No quiere acudir a su abuela. Lo ha hecho siempre y opta por dejarla descansar; piensa que le dio todo, sobre todo la idea de que ella podría realizar algo importante y justo se encuentra en la puerta.

Carmen, ¿estás bien? Desde hace rato estás con los ojos cerrados.

Interrumpe Choco.

Estoy bien y deseosa de que pase mañana. A ver cómo, pero tenemos que votar.

Choco y Guille sonríen. Hacen gestos afirmativos.

Por su parte, Antonio y Néstor continúan su conversación.

¿Espinoza puede ser apellido vegetal?

Si lo es Espino, ¿por qué no?

Treinta y cuatro

Cerca de las 11:00 p. m. Usingalai llega a casa de Vega Fernández con el atuendo que a él le gusta. Despide al taxista cerca de la entrada. La leve oscuridad realza su belleza. Adivinó que el Carnicero se encontraba solo, pensativo, en el parque Antonio López Sáenz. Le pidió que bajara el cristal. El chofer. Debe ser una prostituta, tranquilo. Hola, guapo. Sin darle tiempo de reaccionar le hizo oler unas yerbas grises maceradas y le indicó que fuera con la Costeña. Es hermosa, muy sensual y te espera. Tú sabes que te ama y disfruta tu cuerpo. Pero antes que tu chofer te lleve hasta el nido donde naciste, asesino abominable. El sicario toma su pistola pero se engarrota. Lo único que puede mover son los ojos. Timbra y abren la mirilla. Enseñan el cañón de un rifle y le preguntan qué busca. Con voz melosa, explica.

Hola, guapos, el patrón necesita un cuerpo bello para subsistir y el mío es el que más apetece.

Son guardias nuevos que no la conocen y que se fascinan por esa mujer sexi envuelta en un extraño aroma que los adormece. Se extasían en su rostro perfecto.

Así que voy a pasar a cumplir mis deseos.

Ellos, con sonrisas bobaliconas, escuchan "mis deseos" y le abren la gruesa puerta de metal sin mayores preámbulos. La joven sonríe, acaricia sus caras y musita.

Hombres bellos.

Les advirtieron que Vega Fernández recibe mujeres con frecuencia y no se debe retardar su ingreso.

Usingalai conoce el camino. Encuentra al político despatarrado en su sillón, borracho, rostro abotagado, sin afeitar, luce fatal. Ronca sin estrépito. Lo despierta. ¿Un sueño?

Carlos Charlie, el bello, veo que el alcohol está en tu cabeza, ¿acaso ya entró en tu corazón? Porque el alcohol arde y es primo de las cenizas.

En el jardín aledaño, los guardias fuman, conversan de futbol.

Usin querida, me alegra verte, estás hermosa, muy hermosa; estaba buscando la manera en encontrarte, te quiero conmigo.

Intenta tocarla pero ella está a dos metros, aunque él la ve a su lado. Del cuello de la chica cuelga una foto de Laila.

Carlos Charlie, ¿me has soñado?

Te sueño siempre, estamos allí, desnudos, en nuestros mejores momentos; ¿sabes? Eres el símbolo de mi grandeza, de mi capacidad de amar.

¡Qué lindo! Me agrada que tú, tan bello, que tienes la sangre tan dulce, confieses algo tan poético, porque tú, Carlos Charlie, eres el símbolo de mi desgracia.

Oh. El político abre la boca.

Por Dios, querida, no digas eso; ya estoy bien, vamos al lugar de nuestros mejores momentos.

El rostro de Usingalai se transforma, su fragancia somnífera invade a Vega Fernández, su belleza se vuelve pétrea, infernal, sombra de muchas sombras, la foto de Laila brilla, y Carlos Felipe sufre una fuerte punzada en el corazón. Agg. ¿Qué te pasa? Un dolor agudo, mortífero, como los que producen los aguijones de oro en los talones. Chist.

Cualquier cosa que te haya hecho, perdóname, te lo suplico; te amo, Usin, mi hermosa princesa.

Ella responde con una mueca horrible.

Fija sus ojos en el rostro transformado de la mujer que le dio tanto placer y experimenta una profunda soledad. La soledad de los enfermos terminales. Ve la foto de Laila y siente la dulzura de esa mujer que tanto trató de salvarlo. Procura pensar en sus éxitos, en lo mejor de sí mismo, como le enseñaron de joven, pero no puede, esa flecha en su corazón se lo impide. Lo único que está en su mente es que es un perdedor, un pobre político sin futuro, incluso percibe que la imagen de su madre se esfuma. Lo abandona. Usingalai acerca a su nariz una pequeña caja negra que expele un gas que penetra por sus poros, luego le unge una sustancia fétida en la frente y le sopla en el ojo izquierdo. Emite palabras extrañas. Memetea algo incomprensible. El cuerpo del hombre se cimbra. Envejece varios años. Aparecen canas en su cabeza.

Muy cerca de su cara, Usingalai farfulla.

No morirás con esto, Carlos Charlie, ni mucho menos; simplemente ya no serás el mismo, serás tal vez más estúpido el resto de tu vida. Las estrías que pronto aparecerán en tu cuerpo indicarán tu nueva condición. Nunca más serás bello. Mi mamá decía que todo es muy simple, que el que mal anda mal acaba. En cuanto al Carnicero, ahora debe estar recorriendo un largo y sinuoso camino hacia la sierra; los hombres de la candidata no darán con él porque no les interesa; créeme, Carlos Charlie, tu marquesa conoció los puñales de Dios y a ti podría pasarte lo mismo. El Carnicero mató a mi madre, pero la orden la diste tú, Carlos Charlie. Maldito ingrato. Sólo un idiota afecta a una persona tan buena, sabia y leal como ella, y fue lo que hiciste. Nada te importó.

Vega Fernández calla. Dos lágrimas fluyen en su pensamiento. Gimotea. Con su ojo izquierdo divisa la muerte.

Usin, mi amor.

Ah, el marido de tu marquesa asesinó al pistolero que atentó contra Carmen Larrañaga, ¿sabes por qué? Porque ella lo contrató.

En el jardín, los guaruras continúan su charla sin advertir lo que ocurre con su jefe. Igual no podrían hacer nada.

Memeteando despacio, la mujer, que vuelve a ser hermosa, riega el contenido de un pequeño frasco alrededor del sillón y sobre el hombre, que permanece inmóvil, sin parpadear, muy triste. Mmm. Minutos después se aleja de la residencia en un Mercedes negro, tranquilamente. Su madre se lo dijo también. Todos los obstáculos tienen nombre.

Treinta y cinco

Carmen Larrañaga y su comitiva llegan a la calle Sergio Ortega. No hubo manera de convencer a la candidata de que se hospedara en otro lugar. Ni siquiera en la casa de Néstor.

La Rusa, Cissy y dos chicas la reciben alborozadas. No pueden abrazarla pero la tocan para demostrarle que están allí, con ella hasta el final. Carmen sonríe, acaricia sus mejillas, les da las gracias. Choco y la Guille la conducen hasta su habitación.

¿Quieres agua, comer algo?

Quiero bañarme.

Pienso que ahora debes dormir. Al rato, antes de que la gente empiece a votar, te remojamos.

Verdad de Dios.

Si quiere quesadillas, con mucho gusto las preparo.

Los que deben estar hambrientos son los señores. Consulta con Néstor, cuando menos Chingaquedito es capaz de comerse una docena. Le encantan.

La Rusa se marcha. Encuentra a Néstor y a Antonio en la puerta. Pregunta y el jubilado acepta.

Qué te parece si busco cervezas en el Oxxo.

Buena idea, pero hay ley seca.

Deja ver, quizás aprendieron lo que dijo el otro, no me vengan con que la ley es la ley.

Antonio se marcha sonriendo.

Media hora después, los Aguijones cenan quesadillas con cerveza, y van saliendo del cansancio del viaje.

A las tres de la mañana, un Mercedes negro avanza despacio por la Sergio Ortega. Vidrios oscuros. Los hombres preparan sus armas. Puede ser el Carnicero. Al fin das la cara, cabrón. Chingaquedito toma posición. Pido mano. Choco resguarda a Carmen en su habitación. Apareció el hijo de la chingada y tú de aquí no te mueves. El auto se detiene frente a la casa de la sirena. Usingalai baja el cristal, sonríe, apaga el motor y sale del carro.

Buenas noches, bellas personas.

Chingaquedito la pone en la mira.

Espera.

Néstor mueve el cañón del fusil.

Qué pedo.

Creo saber quién es y de dónde viene esta chica.

Pues que lo diga, además con ese pinche carruaje.

Usingalai lanza las llaves del auto a la Rusa sin mencionar palabra. La viuda las atrapa y observa el llavero, hace el intento de alcanzarla para regresárselas pero Guille Franco la ataja.

Espera, Rusa.

Y yo para qué quiero ese carro. Lo mío es que a mis plebes no les falte comida.

Calmada, verdad de Dios que puede ser una señal de que empieza a cambiar tu suerte.

La chica va a la casa del jubilado y entra, como si fueran amigos. Se dirige a él. Sonríe y saluda con un movimiento de cabeza.

Señor, no se preocupe más, ni por el Carnicero ni por Vega Fernández. Tampoco por la mujer que lo llamaba. En este momento los dos son gente desconcertada que piensan en dos cosas y la otra persona cambió de dimensión. Es un regalo que a mi madre le hubiera gustado hacerle a usted y a la candidata. Algo más, no olvide lo que le indicó, ¿lo recuerda?

Que la cuidara y que los escollos tienen nombre.

La chica sonríe afirmando. Acto seguido abandona la casa. Se aleja por la calle rumbo al parque. Néstor pone atención a sus amigos y hace un gesto afirmativo a Robles.

¿Quién es?

Una mensajera del futuro.

A las ocho de la mañana inician las votaciones. En el barrio hay calma. La casa de Carmen se mantiene como si no hubiera llegado, lo mismo que la de Néstor. Los vehículos fueron estacionados en el Oxxo. Néstor, Chingaquedito y Antonio van a la armería. Marciano y Bigote con Patas hacen guardia. La encuentran cerrada. Néstor toca la cortina y un minuto después se asoma el dueño. Lo reconoce, abre y entra acompañado de Chingaquedito. Pasan directo a la trastienda, a una habitación cerrada llena de artículos para los amantes de las armas. En silencio, cada uno elige lo que requiere. El jubilado toma dos cajas de parque y municiones para AK-47 que le encargó Bigote con Patas. Marciano pidió cuatro cajas de tiros para Beretta. Chingaquedito sonríe y se surte de proyectiles para bazuca y AK-47, lo mismo que de un aceite especial para mantenimiento. El vendedor observa tranquilamente al par de hombres que seguramente tienen una larga historia, porque sin duda conocen de armas. En voz baja comenta.

Tenemos dos tiendas, la otra la administra mi hijo. Ayer aparecieron unos clientes dirigidos por un hombre que tiene una cicatriz en la cara y un ojo blanco; llevaron tres veces más de lo que han escogido, incluyendo fusiles de largo alcance y lanzallamas. No es que me importe, pero ustedes me dan buena espina.

Le agradezco la información.

Pagan.

Si va a votar y le toca Carmen Larrañaga, no lo dude. Somos sus guardaespaldas.

No acostumbro, pero lo haré por ella y por ustedes. Les deseo buena suerte.

Rápido regresan. Está muy claro que las votaciones no son el fin del problema. El jubilado siente que el aire está cargado y tiene ese olor único de la muerte; pero no se clava, prefiere pensar en Bette Davis, en su frase: “Envejecer no es para cobardes”. Observa a Chingaquedito contento. Claro que no.

Treinta y seis

El día transcurre tranquilo. Aparece la prensa pero nadie hace declaraciones. Se presenta la policía pero pasa de largo. La hija del senador lleva frutas y refrescos, pregunta por su amiga, escucha a la Rusa.

La candidata está dormida y no podemos despertarla. Se está recuperando.

Que descanse, por favor dale mis saludos.

A las doce del día, Néstor pide a las mujeres que permanecen en el jardín que se marchen, que es mejor que estén en sus casas, con sus hijos, que la candidata se encuentra bien.

Choco propone que regresen por la noche para esperar juntas los resultados.

Buena idea, pero, salvo para ir a votar, nadie se ha movido y lo explican.

Aquí no se raja nadie, señor Del Valle. Choco, estaremos aquí para lo que se ofrezca.

La doctora Robledo llama a Choco indagando sobre el estado de Carmen.

Muy bien, la bañamos, come bien y ahora duerme.

Perfecto, cualquier duda, me marcas; que continúe con los medicamentos.

Ante la perspectiva de que los sureños ataquen, Chingaquedito se pone contento.

Qué chingón, porque ya me estaba aburriendo, pensé que estos cabrones nunca iban a dar señales de vida.

Por lo que nos expuso el armero, pudieran visitarnos de nuevo.

Ciertamente nos falta un poco de acción; ya tengo telarañas en los pinches ojos.

Comenta Bigote con Patas.

Néstor hace un gesto afirmativo.

Esperemos entonces que aparezcan; así que pónganse truchas, pinches Aguijones.

Marciano, eres más cabrón que bonito.

Brocha Gorda, ¿cómo ves?

Normal, llegó la hora de mostrar de qué estamos hechos.

¿Otra vez?

Esto es vivir en un país con filo.

A huevo.

Ruidos leves provienen de la parte posterior de las casas. Néstor y Marciano se apresuran a ver qué pasa. Chingaquedito se adelanta con su rifle. Bigote con Patas a la zaga.

Del Valle reflexiona. Querida Nyomi, ¿sabías que jugar en la política es así? Que te atacan, que tus razones no funcionan para todos, que desaparecen los sueños y todo se vuelve turbio. Por eso mataron a Colosio y a Luther King.

Chingaquedito se pierde de vista.

Néstor y Marciano escuchan disparos. Carmen cree soñarlos, pero no despierta. Avanzan con precaución hasta la barda posterior de la vivienda. Las mujeres se inquietan. Encuentran a su amigo y tres cadáveres ataviados de negro en el patio de la casa de atrás, que está vacía.

Dos alcanzaron a pelarse; pero creo que ya no vuelven.

Veo que su idea era entrar al domicilio por aquí.

Pero chingaron a su madre.

No nos dejaste a ninguno.

Escaparon dos.

¿Crees que vendrán por la calle? Por aquí no creo que se atrevan.

Expresa Marciano, convencido. Néstor afirma, y se preparan para repeler el ataque callejero.

Marciano, ¿recuerdas la vez que nos contrataron para poner patas arriba una residencia llena de contrabandistas?

Comenta Chingaquedito, subiendo a la casa de Néstor. Lo siguen.

Me acuerdo, y no olvido que lo conseguimos.

El hombre gatea hasta tener la esquina del Oxxo a la vista. Con la mira telescópica de su rifle descubre a un hombre que esgrime un lanzallamas y tiene una cicatriz en la cara. Órale, el que mencionó el armero. Dispara sin dudarlo. El Seis cae con un tiro en el entrecejo. Marciano y Bigote con Patas descerrajan el parabrisas de un auto estacionado en la esquina que no habían visto.

Salen un hombre y una mujer con las manos en alto. Aterrados.

¡No disparen, somos de la prensa!

Mira a estos pinches héroes de la noticia; por poco y los bajamos.

¡Retírense!

La pareja huye velozmente, pasa al lado del cuerpo del Seis, ella toma una foto rápida y se pierde.

Dos hombres arrastran los despojos del Seis. Luego se escucha el sonido de motores que se alejan.

En ese momento, en la sede del partido, Camarena desiste de marcarle a Pandora, que desde la noche anterior no responde. Por enésima vez llama a Vega Fernández, con el mismo resultado. ¿Qué pasa con este par? Hasta donde sé, rompieron hace meses. Bueno, no es raro que los amantes se reconcilien y se refocilen, y en este caso sería algo positivo, ya que todo se ha puesto patas arriba. Pronto se acabará este día y no espero nada bueno. Perro Viejo ha descubierto todas nuestras artimañas. Carmen no ha hecho ruido, los periodistas dicen que no se pueden acercar a su casa, que su calle tiene vigilancia extrema. Hasta circula en redes la foto de un muerto sin nombre. Qué desmadre.

Vega Fernández bebe, observa su jardín sin vigilantes. La noche anterior despidió a todos. Un fracasado no necesita guardaespaldas, ¿para qué? En cuanto a las elecciones, no le importan. Por la mañana el Siete y sus amigos lo amenazaron. Dijeron que tomarían el asunto en sus manos. No recuerda qué les respondió.

"El Bueno", na, a otro perro con ese hueso.

Néstor en casa de Carmen permanece alerta. Sus amigos vigilan la calle. Suena su celular. Es Robles, que está comisionado en el INE.

Dime.

¿Todo bien por allí?

Todo en orden, ¿y contigo?

Acá, para evitar problemas, no habrá PREP. Las encuestas de salida favorecen a Carmen, así que mantengan la calma. Choco está enterada.

Buen punto, cualquier cosa, nos avisas.

Aunque no se relaja, comparte la noticia con los Aguijones, que hacen gestos de aprobación.

Nosotros vamos a continuar con ojo avizor. Tumbamos a uno de sus cabecillas, pero nunca es suficiente cuando se trata de un cártel.

De acuerdo.

Lástima que no hay quesadillas.

El jubilado observa la bugambilia, que luce espléndida. Sin duda, la han cuidado como lo requiere. Choco le hace una seña.

Carmen quiere hablar contigo.

En su habitación, la sirena descansa recargada en varias almohadas. Se ve bien. Sonríe. Señala una silla. Del Valle se sienta.

Qué aventura hemos corrido, eh, Néstor; realmente es increíble que con todo lo que ha pasado aún estemos aquí.

Eres una guerrera, Carmen, sabes hacia dónde sopla el viento y lo hiciste ver claramente.

Na, sin tu ayuda y la de tus amigos, estaría muerta; quiero que sepas que te lo agradezco de corazón, y nada que tenga que ver contigo me será ajeno. Has hecho más por mí que mi propio padre.

Algunas voces llegan de la sala.

Silencio. Y si no te molesta, de aquí en adelante así te consideraré.

El jubilado la mira desde lo insondable, traga saliva.

Gracias, Carmen, cuenta conmigo. A Nyomi le hubiera encantado escucharte decir eso.

Pues nada. Vamos a estar bien.

Claro.

Durante estos días muchas veces imaginé relojes de Dalí, seguro sabes quién es.

Mi mujer me contó de él.

No me lo vas a creer, pero el día que me dispararon y estuve en duermevela soñé sus relojes flotando alrededor de mí; lo entendí como una señal de cómo sería mi futuro.

Silencio. La sirena cierra los ojos. El jubilado sale. Hombre de muchas almas. Hay desconciertos que son difíciles de nombrar.

Villalpando, Megan G y Dashiella H llegan con botellas de whisky, cerveza, abrazos y sonrisas. Quieren celebrar que su amiga está viva y dispuesta a seguir para contribuir al cambio del país.

Hace una hora que terminaron las votaciones y el INE ha recibido poco más de cincuenta por ciento de actas y casillas. Perro Viejo llama a Yturralde. Ella escucha, le agradece y sonríe. Antonio informa que inicia el conteo.

No te distraigas ni un momento, cabrón. Le pide Choco.

Descuida, no me sorprenderán.

En la casa hay nerviosismo. Brindan y conversan de cualquier cosa, evadiendo el tema de los resultados.

Tres horas después, con gran esfuerzo, Carmen se instala en la sala. Choco y Guille la flanquean. Megan, Villalpando y Dashiella, que se encuentran en una ligera ebriedad, brindan por ella. La sirena sonríe. Néstor observa en la puerta exterior a las numerosas personas que esperan. Adentro las acompañantes ocupan las sillas del comedor y algunas descansan en el piso. Beben y conversan en voz baja. Suena el celular de Choco.

Silencio. Observa quién llama, lo pone en altavoz y lo pasa a Carmen.

Hola, Antonio.

Señorita diputada, ¡felicidades!

Gritos que se extienden al exterior.

Carmen recibe abrazos. Se vuelve a Del Valle, que la mira desde la puerta.

Debes olvidarte de tu jubilación.

Néstor afirma sutilmente, dispuesto a morir en la raya. ¿Hay diferencia con otras formas de morir?

Latebra Joyce, verano de 2025

Esta obra se terminó de imprimir
en el mes de enero de 2026,
en los talleres de Diversidad Gráfica S.A. de C.V.
Ciudad de México